collection cascade

Du même auteur :

Cascade 11-13

La griffe des sorciers
Le maître de la septième porte
Le mystère de la nuit des pierres
Prisonnière des Mongols

Heure noire

À l'heure des chiens

La tribu de Celtill

Le jour où le ciel a parlé
La malédiction du sanglier

É. BRISOU-PELLEN

LA COUR AUX ÉTOILES

ILLUSTRATIONS DE NATHAËLE VOGEL

RAGEOT•ÉDITEUR

À SYLVESTRE ET SUZANNE MARTINI
... et pas seulement parce qu'ils sont mes grands-parents.

Collection dirigée par Caroline Westberg

Couverture : Marc Mosnier
ISBN 2-7002-2365-9
ISSN 1142-8252

CHAPITRE 1

Renaud leva la tête. Sa mère avait brusquement cessé de chanter. Posant la brosse avec laquelle elle frottait la table, elle essuya vivement ses mains au chiffon qui pendait à sa ceinture.

– Le comte Jehan ! souffla-t-elle.

Renaud sauta sur ses pieds, passa sa main dans ses cheveux ébouriffés, puis se précipita vers sa sœur Doda qui jouait avec les cendres de la cheminée et lui brossa la robe d'un revers de main. Les plus jeunes, Landri, Étienne et Perrin se traînaient sous la table, mais leur aîné n'eut pas le temps de leur faire prendre une position plus convenable : déjà les chevaux entraient dans la cour.

Jamais le comte Jehan ne rendait visite à ses serfs. Qu'avait-il bien pu arriver ? Inquiet, Renaud passa en revue dans sa tête toutes les sottises qu'il avait commises avec ses frères et sœurs, mais n'en trouva pas une qui lui valût la visite de messire Jehan en personne. D'habitude, c'était Arnaud de Mani, l'intendant, qui se chargeait de régler les problèmes sur les terres du comte. Renaud risqua un coup d'œil par la porte, et eut peine à maîtriser un mouvement de recul : messire Jehan n'était pas seul, son intendant l'accompagnait. C'était de mauvais augure !... Mais il y avait pire encore : le seigneur de Vélizé chevauchait à leurs côtés, suivi de son chapelain, et même de deux arbalétriers. La mère fut prise d'un tremblement nerveux.

– Adélaïde Rivier, prononça le comte d'un ton officiel, c'est bien toi ?

La voix était sèche, le visage impénétrable. La mère ne pouvait s'arrêter de trembler.

– C'est toi ? répéta le comte d'un ton impatient.

La mère s'agita, et fit plusieurs petits signes affirmatifs.

– Te souvient-il que j'ai voulu vous affranchir, toi et ton mari, voilà bientôt dix ans ?

Adélaïde se tordait nerveusement les mains. Elle bégaya :

– Oui, Monseigneur... mais nous n'avons pas pu payer à Monseigneur la taxe d'affranchissement.

Le comte haussa les sourcils.

– Je n'ai qu'à me féliciter de ne pas vous avoir rendu votre liberté. Dans quels ennuis serions-nous aujourd'hui !

Il marqua un temps d'arrêt, pour laisser sa remarque faire son effet sur Adélaïde. Renaud vit sa mère devenir toute pâle.

– Adélaïde Rivier, reprit le comte d'un ton paternel, voici que mon ami Vélizé m'apprend que tu es une serve de son domaine, et qu'il te réclame. Qu'as-tu à répondre ?

La femme était effondrée. Cela devait bien finir ainsi, elle le savait.

– Qu'as-tu à répondre ? aboya le gros Vélizé.

– ... Je reconnais... avoir épousé Laurent... sans autorisation.

Sa voix se perdit dans un souffle. Le seigneur de Vélizé la fixait avec des yeux durs :

– Tu sais que le mariage entre des serfs de deux domaines différents n'est possible qu'avec l'accord des maîtres ? Combien ai-je perdu ? Vingt ans du travail de tes bras et de ceux de tes enfants !

Un silence mortel plana sur la ferme. Vélizé donna un coup de talon énervé sur le sol sec.

– Cesse de pleurer, il est trop tard ! Combien as-tu d'enfants ?

La mère renifla.

– Dix...

– Onze avec le bébé qui est né cet hiver ! rectifia fielleusement l'intendant.

La mère secoua la tête.

– Non... le bébé est mort de la coqueluche le mois dernier.

– La coqueluche ! douta l'intendant. Ne m'avais-tu pas dit qu'il y avait la fièvre pourpre chez toi ?

– C'était l'année d'avant... quand j'ai perdu deux enfants.

Le comte l'interrompit :

– Bon, ce qui importe, c'est le nombre d'enfants vivants. Cela nous fait donc... dix ! Le seigneur de Vélizé et moi-même avons convenu du partage comme suit : il prendra un peu plus d'enfants que moi, étant donné la perte qu'il a subie depuis ces vingt dernières années. Nous disons donc six enfants pour Vélizé et quatre pour moi.

La mère pleurait silencieusement. C'était ainsi. Ses enfants s'en iraient. Elle n'y pouvait rien.

– Je prends les six aînés, intervint Vélizé. Il vaut mieux laisser les petits à leur mère.

Cet arrangement était tout à son avantage : les grands étaient en mesure de travailler, les petits n'étaient que des bouches à nourrir.

Le seigneur Jehan ne fit aucune remarque, car il s'en tirait finalement à bon compte ; on ne l'accusait pas d'avoir volontairement fermé les yeux. Après tout, ne savait-il vraiment pas qu'Adélaïde venait d'un autre domaine ?

Renaud avait fait un calcul rapide. Six... il était le sixième.

Il recompta dans l'autre sens : quatre... oui, il y avait bien quatre enfants après lui. Aucun doute... aucun doute possible ! Ses jambes flageolaient. Il dut s'asseoir sur la pierre de la cheminée. Il entendit vaguement sa mère expliquer que les aînés étaient aux champs. Elle ne mentionna pas sa présence à la maison.

Renaud savait que lui aussi aurait dû être aux champs, mais sa mère le gardait souvent près d'elle : il était plus frêle que les autres, le travail l'aurait tué. Quand il avait sept ans, son père avait bien essayé de lui confier les oies, mais il en perdait toujours. À huit ans, à l'âge où il aurait pu être en mesure de garder les porcs, il s'était montré impuissant à les contenir. On dut donner ce travail à son frère Jean, qui était pourtant plus jeune que lui. Jean était mort l'hiver d'avant, quand il avait fait si froid que le vinaigre gelait et que la crête des poules devenait dure comme la glace. Depuis, c'était Raoulet qui gardait les porcs. Et lui, Renaud, que faisait-il ? Jusqu'au mois précédent, il s'occupait des vaches, mais les deux dernières avaient été vendues pour payer la taille au seigneur. Bientôt, demain peut-être, Renaud quitterait les terres du comte Jehan pour celles du seigneur de Vélizé, et cette seule pensée le révoltait. Son ami le curé ne lui avait-il pas appris qu'il faisait partie des derniers serfs du royaume de France ? Tous les autres avaient retrouvé leur liberté, tandis que lui et sa famille appartenaient encore, de la racine des cheveux à la plante des pieds, au seigneur Jehan. Et maintenant, voilà qu'il lui fallait se séparer de ses parents, changer de maître...

Renaud serra les dents. Il n'irait pas. Non ! Il ne serait pas l'esclave du seigneur de Vélizé, qu'on disait si dur. Il fallait partir, fuir... Jamais plus de sa vie, il ne serait l'esclave de qui que ce fût. Il n'avertirait personne. Il partirait dans la nuit, laissant un mot, pour expliquer. Au matin, sa mère trouverait le chiffon sur lequel il aurait griffonné, elle le porterait au curé, pour qu'il le lui lise et elle saurait alors... mais il serait trop tard pour le rattraper, trop tard pour lui démontrer qu'il est mauvais de se révolter contre la vie que Dieu vous a faite et qu'il avait choisie pour vous, avant même votre naissance.

La nuit le surprit assis sur le grand lit bas de l'unique pièce qui composait le logement de la famille. Personne ne s'était mis à table, personne ne parlait. Seul Raoulet reniflait, sans chercher à cacher ses larmes. Le père s'était raclé la gorge, et puis il avait parlé du devoir, de Dieu et de renoncement, d'acceptation et de récompense dans un autre monde. Renaud n'avait rien écouté. Sa mère essuyait sur la grande poêle les petites taches que ses larmes y dessinaient, rondes comme les gouttes des pluies d'orage. Doda jouait toujours avec les cendres. On n'entendait plus les petits.

Lorsque le jour éclairait son univers, Renaud était toujours fort et dur, il était sûr de pouvoir rejeter ce monde cruel, d'avoir le courage de partir dès que son heure serait venue... Mais le soir tombé, la peur lui serrait le cœur, il remettait au lendemain toute décision. Après tout, n'avait-il pas le temps ? Rien ne le pressait vraiment. Il avait si chaud au milieu des siens. Il faisait si froid dehors. Passé la porte, c'était déjà l'étranger ; la limite du domaine lui semblait le bout du monde. S'il partait, il lui faudrait franchir cette limite, et derrière, qu'y avait-il ? Mais s'il ne partait pas ? Vélizé... sa mère... Dieu non ! il ne pouvait pas aller chez Vélizé.

Il avait toujours renoncé à s'enfuir, même après que l'intendant l'avait fouetté jusqu'au sang, même quand son ami Martin s'était retrouvé au cachot pour avoir caché du grain dans sa paillasse, le grain qu'il devait au seigneur ! Mais aujourd'hui ? Il ne verrait plus sa mère, de toute façon ! Alors, qu'est-ce qui le retenait ?

CHAPITRE 2

Renaud frappa à la porte de la cure. Il faisait grand-nuit, et si la lune apparaissait parfois entre deux déchirures de nuages, c'était pour illuminer le chemin d'une clarté glaciale, plus angoissante encore que les ténèbres.

Renaud frappa encore. Le vieux curé devait dormir profondément. Tout était silencieux. L'enfant fit le tour de la petite maison pour aller cogner contre les volets de la chambre. Au bout d'un moment, il se fit un bruit à l'intérieur, puis une voix étouffée s'inquiéta :

– Qui est là ?

– C'est moi, Renaud !

– Grand Dieu ! s'exclama le curé en ouvrant ses volets, il y a un mourant chez toi ?

– Non... c'est-à-dire... (Renaud ne savait comment présenter la chose.) Je... je suis venu vous dire adieu...

Le curé resta la bouche ouverte, puis il se ressaisit et dit simplement :

– Entre !

L'homme et l'enfant étaient assis face à face. À la lueur de la chandelle, Renaud ne reconnaissait pas la chambre. Le crucifix semblait vaciller, les yeux du curé étaient plus brillants ; l'armoire paraissait plus haute, menaçante.

– Ils vont te poursuivre ! disait l'homme de Dieu.

– Pas si loin !

– Où vas-tu ?

Renaud fit un geste vague. Il n'en savait rien. Il ignorait quel était l'aspect du monde au-delà des terres du comte Jehan. Il ne voulait pas y penser. Il se sentait prêt à éclater en sanglots. Il fixait le crucifix d'un regard farouche. Il ne fallait pas qu'il pleure.

– Si tu es absolument décidé, reprit avec douceur le curé, va plutôt vers l'est : tu trouveras la grande ville de Paris, tu y seras mieux caché que partout ailleurs... Je prierai pour toi, mon petit, je tremblerai, mais je ne puis te blâmer. Va-t'en vite ! Il faut que tu sois loin au petit jour, car au petit jour, ainsi que le veut la loi, l'intendant du seigneur de Vélizé viendra chercher ses serfs...

Sans rien ajouter, le curé se leva, décrocha son sac dans lequel il fit tomber un grand pain et quelques pommes, et le suspendit à l'épaule de l'enfant. Puis, après lui avoir glissé une pièce d'or dans la main, il l'enveloppa de sa cape noire.

– Mais, protesta Renaud, vous ne pouvez pas me donner votre cape ! Comment ferez-vous lorsqu'il fera froid ?

Le prêtre se mit à rire.

– Quand il fera froid, je ne sortirai pas, voilà

tout ! D'ailleurs, tu sais comme je suis pa... seux : j'adore rester assis au coin du feu.

– Mais...

– File ! Il est plus que temps !

Le prêtre serra Renaud contre lui, dessina sur son front le signe de la croix et, appuyé au chambranle de la porte, il le regarda partir.

Quand l'enfant eut disparu dans la nuit, le curé referma lentement la porte. Il n'essuya pas la larme qui glissait sur sa joue. Les yeux fixes, il s'assit sur son lit. Il venait de perdre son enfant, celui qu'il avait élu entre tous, celui à qui il avait appris à lire.

Renaud suivit en courant le chemin qui menait au pont, limite entre les terres du comte Jehan et celles de Vélizé. Il savait qu'il devrait ensuite traverser les bois jusqu'au village de Prélaissé. Au-delà, il verrait bien. Il lui semblait que son cœur ne battait plus. C'était la première fois qu'il quittait sa maison, et jamais il ne reviendrait. De cela, il était sûr. Il n'avait qu'une vie, il ne voulait pas la soumettre à la volonté d'un maître. Il irait à Paris, le curé avait raison. Là, personne, jamais ne le retrouverait... Mais il devait se dépêcher : à l'aube, on découvrirait son absence. Il se parlait. Il fallait qu'il se parle toujours, pour éviter de penser, pour éviter la peur, pour ne pas risquer de revenir sur ses pas, de rentrer chez lui.

Prélaissé... le bout du monde. Un chien aboya, puis un deuxième, et un autre un peu plus loin. L'unique rue du village aboutissait à une petite place pavée, qui avait toujours semblé à Renaud être le symbole même du luxe : tant de pavés pour une si petite surface, une telle dépense pour accueillir un roi qui, une nuit, une seule, avait couché à l'auberge !

Renaud ôta ses sabots, à la fois pour ne pas rompre le silence de la nuit, et pour avoir le plaisir de sentir sous ses pieds la froide douceur de la pierre, puis se rechaussa à l'autre bout de la place, là où recommençait la terre battue. Il laissa traîner sa main sur le mur des maisons, peut-être pour éprouver dans tout son corps la réalité de son pays qu'il quittait au bout de la rue. Là s'ouvrait l'autre monde. Quel monde ?

Renaud se remit à courir. Maintenant qu'il était parti, il devait faire corps avec sa nouvelle vie, ne pas regarder en arrière. Il avait fermé la porte sur son passé.

La lune se cacha, l'obligeant à ralentir son pas. C'est à peine s'il distinguait les arbres qui montaient la garde de chaque côté du chemin... Suis-je sot ! se dit-il soudain, ils ne montent pas la garde, ils ne me surveillent pas : c'est moi qui taille ma route au milieu d'eux ! Il se sentit heureux : il venait enfin de changer sa façon de penser, d'aborder la vie. Il n'était plus un esclave dépendant, mais un conquérant.

Soudain, la forêt s'arrêta. L'air était différent, mouvant, menaçant, tel que Renaud ne l'avait jamais connu. Inquiet, scrutant les ténèbres, le garçon n'avança plus les pieds qu'avec précaution, sans les décoller de terre, jusqu'à ce qu'il perçoive sous son sabot le son plus clair du bois : il était sur le pont de Prélaissé ; il en avait déjà entendu parler. Un mince parapet le protégeait du vide qu'il devinait au-dessous. Il sentait les planches mal jointes jouer sous ses pas. Pourvu... une prière agita ses lèvres... Pourvu... Et d'un coup son cœur s'arrêta : son pied venait de s'enfoncer. Il aurait hurlé de terreur. Agrippé à la rambarde chancelante, il retenait son corps de toute la force de ses bras. Tremblant comme une feuille, il retira en évitant tout geste brusque son pied du piège. Il était sauf, mais il avait perdu son sabot, dont il entendit la chute sourde très loin au-dessous de lui. Il recula d'un pas et s'assit sur une planche solide, en attendant que son cœur cesse de battre aussi fort dans sa poitrine, puis il se mit à trembler nerveusement. Il n'y arriverait jamais ! Son père avait raison : il lui fallait accepter son sort. Les larmes lui brûlaient les yeux ; il aurait voulu se jeter dans les bras de sa mère. Qu'avait-il fait ? Pourquoi était-il là ?

Quand il sentit que les larmes lui mouillaient les mains, il les essuya machinalement contre la cape que le curé lui avait donnée, et les laissa chercher à tâtons un appui. Puis il se remit à genoux et, l'esprit vide, hésitant, il essaya d'avancer. Il avait laissé tomber son autre sabot. À quoi bon n'en garder qu'un ?

Le jour commençait à poindre sur l'est… sur Paris ! Toujours à genoux, Renaud découvrit aux premières lueurs que le pont était plus qu'à moitié démoli : il manquait deux planches sur trois. Le soleil levant éclaira le désastre. C'était curieux, mais la situation ne le décourageait pas : il avait pleuré son content. Maintenant, il fallait agir, il n'y avait plus une minute à perdre. Renaud arracha derrière lui deux planches branlantes et les posa en travers du trou qui s'ouvrait devant. Il ne lui restait plus qu'à passer sur son petit pont improvisé, puis à reprendre ses planches pour les glisser là où il en manquait. Surtout, il ne fallait pas regarder en bas, ne pas regarder ! Oublier que ses jambes flageolaient et que le brouillard obstruait la vue. Le vaillant conquérant ne se sentait pas très bien, et c'est avec un immense soulagement qu'il posa le pied, ou plutôt le genou, sur la terre ferme de l'autre côté. Il fit encore quelques pas à quatre pattes pour s'éloigner du gouffre et s'affala par terre. Il était aussi essoufflé que s'il avait couru pendant une lieue, mais il avait passé le pont sans dommage, et n'en était pas peu fier. Décidément, ce voyage ne s'annonçait pas si mal ! Peut-être son père avait-il tort de le croire si faible et pleutre ? Il n'irait pas jusqu'à dire qu'il n'avait pas eu peur… mais le pont n'était-il pas derrière lui ?

Pieds nus, il reprit sa route à travers bois.

Quand le soleil fut bien haut dans le ciel, il avait déjà parcouru plusieurs lieues. La forêt était interminable, et le chemin horriblement mal entretenu, mais la clairière qui venait de s'ouvrir lui semblait amicale, et la vieille souche, au milieu, présentait une indéniable ressemblance avec un trône. Il ne résista pas à l'envie de s'y asseoir. Vélizé était loin, maintenant !... Et il ouvrit son sac avec un soupir de contentement. Il ne devait plus songer au passé. Sa pomme était si rouge, si tentante et son estomac si affamé ! Il mordit dans le fruit à belles dents. Vraiment, ce monde lui plaisait. Il jeta un regard circulaire. Ses yeux s'agrandirent de frayeur... deux, quatre, dix hommes barbus le dévisageaient avec des yeux cruels, dix hommes qui s'avançaient vers lui en ricanant.

– Vas-y, le Desrocheur, dit une voix rauque.

Renaud s'était levé, prêt à se défendre, mais en un clin d'œil, il fut pris par les pieds et secoué comme un prunier. Sa pièce d'or tomba, son sac fut vidé, sa cape arrachée.

– Laisse-le ! dit soudain un homme assez jeune qui paraissait être le chef.

On entendit alors au loin les aboiements d'une meute de chiens. Un homme sortit des fourrés comme un diable en criant :

– Vélizé ! Filons !

Les brigands sautèrent à cheval. En un instant, Renaud avait compris.

– Emmenez-moi ! cria-t-il. C'est à moi que Vélizé en veut !

Mais les brigands étaient partis... Non ! le chef venait d'arrêter son cheval et de faire demi-tour. Il souleva vigoureusement l'enfant par un bras pour le jucher en croupe, et reprit le grand galop. Serré contre l'homme, Renaud ne savait plus où il en était. Devait-il trembler ou être rassuré ? Il l'ignorait. L'homme, devant lui, était fort et grand. Ses cheveux fins lui caressaient le visage. Il ne ressemblait pas aux bandits hirsutes et sales de sa suite. Le cheval volait. Renaud fermait les yeux. Il était dans un monde inconnu, suspendu dans le temps.

CHAPITRE 3

– Oh ! le gosse !... Oh ! tu te réveilles, oui ?

Renaud se sentit secoué et arraché de la selle. Il ouvrit des yeux ébahis ; ses pieds venaient de toucher terre. La première chose qu'il vit fut, dans un coin, une vieille femme laide et en haillons, accroupie sur un tas de paille à moitié décomposée. Avec appréhension, il tourna lentement la tête : il se trouvait dans une sorte de cour intérieure, coincée entre de hautes maisons, avec pour seule issue une ruelle étroite et sale.

– Qui c'est, celui-là ? demanda la vieille.

– Un gosse ! répondit l'homme qui l'avait amené.

La vieille posa ses poings sur les hanches.

– Dis donc, Chevalier, tu me prends pour une idiote, ou quoi ? Je le vois bien que c'est un gosse ! Je te demande qui c'est.

L'homme que la vieille avait appelé « Chevalier » posa sa main sur l'épaule de Renaud :

– Il va nous le dire lui-même. Allons, comment t'appelles-tu ?

– Renaud, dit l'enfant d'une petite voix.

– Renaud ! grimaça la vieille en imitant le garçon.

Elle approcha de lui, le regarda bizarrement et le fit pivoter pour le voir de dos.

– Holà ! intervint le Chevalier, pas touche ! Il n'est pas pour toi, la Sorcière. C'est moi qui l'ai trouvé, il est à moi. Compris ?

Les dernières paroles étaient fermes, presque agressives. La vieille recula en grognant :

– C'est bon ! c'est bon !… D'ailleurs je vous laisse. J'ai à faire.

Sans ajouter un mot, elle se dirigea lentement vers la ruelle, pliée en deux sur son bâton, sa robe effrangée traînant par terre.

Tout près, les cloches d'une église sonnèrent.

– Sacrebleu ! s'exclama le Chevalier. Déjà cette heure-là ?

Il sauta sur son cheval et partit au trot, en lançant à Renaud :

– Reste là ! Je m'occuperai de toi tout à l'heure !

Le garçon était seul, maintenant, et il avait envie de pleurer. Il se sentait perdu. Tout lui semblait menaçant : la paille moisie, la cour désespérément fermée, l'odeur de pourriture, la ruelle encombrée de détritus, les objets hétéroclites entassés dans un coin… Que faire ?

Le mieux était de partir, mais pour où ? Si sale qu'elle soit, la ruelle lui paraissait la seule voie de salut. Il glissa, le dos au mur, jusqu'à l'ouverture et y jeta un coup d'œil : personne ! Il tournait le coin, quand un bruit de voix lui fit regagner précipitamment la cour. Le cœur battant, il s'écrasa de nouveau contre le mur. Les voix se rapprochaient.

– Tout en petit-gris ! disait un homme.

– Tu as dû mal regarder ! disait un autre.

– Tout en petit-gris, je te l'affirme, avec les manches fourrées… et des tas de dentelles à sa robe. Je n'ai pas rêvé, tout de même !

– Bon ! bon ! Un homme qui habille ainsi sa femme ne peut pas être aussi pauvre qu'il voudrait le faire croire. Il faudra que j'en parle à Josué : il connaît les prix… Tiens ! qu'est-ce que c'est que ça ?

Les deux hommes avaient pénétré dans la cour, et immédiatement repéré l'enfant. Ils s'approchèrent. Le premier, qui portait la tonsure des clercs, plissa ses petits yeux furtifs et regarda sous le nez Renaud qui n'osait plus faire un mouvement. Puis il l'attrapa fermement par le devant du gilet.

– Alors ! grinça-t-il, on vient nous soulager de quelque peccadille ?

Renaud ne comprenait rien à sa façon de parler. Il tremblait de peur.

– Laisse-le, le Clerc, dit l'autre homme d'un ton calme.

« Le Clerc » lâcha brusquement le garçon, qui s'en alla heurter le mur.

– Racaille ! continua le Clerc, les yeux mauvais, je vais…

L'autre l'arrêta d'un geste et se campa devant Renaud.

– Voyons ! dit-il d'un ton faussement conciliant, que fais-tu ici ?... Une promenade de santé ?... Dans ce bouge puant, cela m'étonnerait. Tu cherches à faire des connaissances ?... Tu choisis mal ton endroit !... Ne cherches-tu pas plutôt quelque objet à dérober ?

Renaud secoua nerveusement la tête.

– Non... non... je vous jure...

Les deux hommes le coinçaient contre le mur, le visage si près du sien qu'il sentait leur souffle sur sa bouche. Sa vue se brouilla, et curieusement, au lieu d'essayer de le sortir de cette situation, son esprit s'échappa vers son pays : il se rappelait une scène semblable, un jour pénible de son enfance où l'intendant, Arnaud de Mani, l'avait ainsi bloqué contre un arbre, pour lui faire avouer combien de poires il avait volées sur l'arbre, et il sentait ce même souffle sur son visage, si près que, d'écœurement, il n'osait plus respirer. Il ferma les yeux. Comme dans un rêve, il entendit une vieille voix fanée qui disait :

– Foutez-lui la paix...

Les deux hommes se retournèrent : la Sorcière était là.

– Qui est-ce ? demanda le Clerc.

– Un protégé du Chevalier.

Le Clerc siffla entre ses dents et, se tournant vers Renaud, singea une révérence, avant de poursuivre d'un air goguenard :

– Dans ce cas, je vous offre mes excuses et me présente : Thierry Cimestre, dit « le Clerc ».

– Archambaud des Haies, ajouta son compagnon, poète, pour vous servir. Nous vous souhaitons la bienvenue à la Cour aux Étoiles.

Le ton était gouailleur, mais sans animosité.

– À qui avons-nous l'honneur ? continua Archambaud sur le même ton.

– Renaud... je suis venu avec le Chevalier.

– C'est ce que j'avais cru comprendre...

Archambaud avait les yeux moqueurs et le ton sarcastique, mais il inspirait confiance. Ses cheveux bruns, qu'il portait assez longs, étaient soignés. Ses chausses n'avaient point de trou et la couleur de son surcot paraissait encore vive. Toute sa personne respirait la propreté.

On n'en aurait pas dit autant du Clerc, dont la longue robe avait pris une couleur indéfinissable entre gris, vert et marron, camouflant totalement la teinte d'origine du tissu.

– Arrête donc de nous regarder avec cet air méfiant, voyons ! Nous n'allons pas te dévorer tout cru ! reprit Archambaud. Le Chevalier doit avoir ses raisons pour nous amener un nouveau pensionnaire. Dis-nous ce que tu sais faire.

Renaud sentait que son esprit embrumé n'arrivait pas à saisir la moitié des paroles qu'on lui adressait. Il aurait voulu être à mille lieues de là. Pourquoi avait-il quitté le domaine de messire Jehan ?

Les deux hommes se consultèrent du regard. Le trouble du garçon ne leur échappait pas.

Le Poète sourit et lui posa la main sur l'épaule.

– Allons ! dit-il d'un ton conciliant, dis-nous ce que tu sais faire !

Il lui avait parlé avec lenteur, comme à un petit enfant, et Renaud s'en sentit mortifié : lui qui était un homme, ou presque ! Lui qui avait franchi le pont ! Il devait dire ce qu'il savait faire ! Il entendit s'échapper de sa bouche un « euh... » involontaire. C'était un début. Il se ressaisissait. Ses esprits se rassemblaient, recollaient à sa parole. Voyons...

Ce serait bien s'avancer que de prétendre qu'il savait garder les oies ou les porcs... Il n'était pas bon à grand-chose... pourtant il était important de répondre, il le sentait.

– Je sais lire ! dit-il soudain.

Le Clerc partit d'un grand éclat de rire, mais le Poète l'arrêta d'un geste autoritaire :

– C'est important, ça, dit-il, intéressé. Savoir lire est la base de toute science.

Le Clerc gloussa silencieusement.

– Arrête ! grogna Archambaud. Si tu ris, c'est pour n'avoir pas à reconnaître que cela t'ennuie, de ne pas savoir lire.

– Pourtant, osa timidement Renaud... vous êtes clerc...!

L'homme pouffa de plus belle.

– Qui t'a dit que je le suis ? N'oublie pas que l'habit ne fait pas le moine et que la tonsure ne fait pas le clerc !

– Il ne sait rien, ce gosse ! bougonna la Sorcière.

– Mon petit ami, intervint Archambaud, sais-tu bien ce qu'est la Garde Royale ?

Renaud recommençait à ne plus rien comprendre. Il fit presque à son insu un signe négatif.

– ... et les sergents du Châtelet ? reprit le Clerc, moqueur.

– Non.

Renaud secouait la tête. Ne le laisserait-on pas tranquille ? Il voulait s'en aller ! Mais les autres insistaient :

– Pas plus que les « sergents à la douzaine », naturellement !

Les deux hommes se jetèrent un regard amusé.

– Eh bien, mon petit ami, reprit Archambaud, c'est ce qu'il y a de plus important à connaître ici : tous ceux que nous venons de nommer sont susceptibles de te saisir et de t'emmener au Châtelet... en prison, quoi ! Et même de te pendre !

Renaud ouvrait des yeux ronds. Archambaud reprit pour lui :

– Quel rapport, me diras-tu, avec la tonsure du Clerc ?... Eh bien, un clerc qui se fait prendre est remis entre les mains de l'évêque, et il sauve sa tête : au pire, il ira en prison.

Renaud sursauta : la prison... la prison guettait ces hommes... mais alors... Seigneur, où était-il tombé ?

– Et en dehors de la lecture, ironisa le Clerc, que sais-tu faire ?

Renaud n'eut pas à répondre. Une fillette venait de déboucher de la ruelle, suivie d'un vieillard aveugle et d'un homme sans âge qui portait une viole. C'était peut-être le moment de s'échapper, de fuir hors de cette cour inquiétante... Non ! L'homme à la viole ne semblait pas vouloir s'éloigner de l'entrée de la ruelle. Il plissait ses petits yeux, à peine visibles dans son visage mal rasé, mais qui ne quittaient pas Renaud.

Ermangarde... Tout de suite, Renaud avait été séduit par le nom de la fillette, par son visage doux, par son sourire si mélancolique. Elle servait de guide au vieil aveugle, ce qui signifiait qu'elle l'emmenait chaque jour à l'église Saint-Eustache, où il avait coutume de demander l'aumône.

Le vieillard, lui, s'appelait Hubaldus Cuignet. Ainsi que l'apprit bientôt Renaud, il n'était pas aveugle de naissance, mais, étant enfant, il avait été enlevé par un groupe de traîne-misère et on lui avait crevé les yeux pour l'envoyer mendier : un enfant aveugle inspire toujours de la pitié.

– À la nuit tombante, raconta Hubaldus, on venait me chercher et on me prenait tout l'argent que j'avais reçu dans la journée. Je me souviens qu'un jour, j'avais caché deux piécettes dans mes chausses. Ils les ont trouvées, et ils m'ont battu, tellement battu que je ne tenais plus debout. Le lendemain matin, ils m'ont quand même ramené à Notre-Dame : ils ne pouvaient se passer de ce que je leur rapportais, et ce jour-là, j'ai même gagné beaucoup plus d'argent que d'habitude, tant mon état émouvait les âmes sensibles.

Renaud écoutait, bouche bée. Comment de telles horreurs étaient-elles possibles ? Et lui...?

– Et moi... balbutia-t-il... que va-t-on faire de moi ?

Ermangarde eut un petit sourire.

– Tu n'as rien à craindre, dit-elle de sa voix douce, Thibaut, le Chevalier... c'est quelqu'un de bien.

– Je me rappelle fort bien, interrompit rêveusement Hubaldus, le jour où le Chevalier a ramené Ermangarde à la Cour aux Étoiles. Il est descendu de cheval avec beaucoup de précautions, ce qui m'a tout de suite surpris, car d'habitude, en même temps que j'entends le cheval s'arrêter, j'entends le bruit sec des bottes qui touchent terre. Je dis : « – Qu'y a-t-il, Chevalier ? – Un cadeau ! ». Et voilà que Thibaut me met dans les bras un petit paquet enveloppé dans une couverture... C'était elle.

Hubaldus avait saisi la main d'Ermangarde avec une visible émotion puis il reprit :

– Le Chevalier m'a dit : « – Ne t'y trompe pas, Hubaldus, c'est une princesse. – Une princesse ? – Une enfant qui a sans doute été enlevée par des bohémiens. Je viens de la leur racheter avec l'argent que j'avais emprunté pour m'offrir un cheval... Eh bien, j'ai dû en voler un, tant pis ! »

« J'étais étonné. Je demande : « – Comment savez-vous que c'est une princesse ? – Je n'en sais rien, me répond-il, mais elle en a l'air, et nous ignorons qui sont ses parents, alors, dans le doute... »

« Elle était si maigre, ma Princesse, si maigre... et son pauvre petit corps était couvert de bleus ! »

Hubaldus entoura affectueusement de son bras les épaules de la petite.

– Maintenant, ma belle, tu n'as plus de marques, mais tu n'es pas bien grosse tout de même...

La fillette sourit doucement. Ses yeux restaient vagues et tristes.

Guillaume, l'homme à la viole, joua un air nostalgique, qu'il accompagnait d'une vague complainte où il était question de château et d'une dame abandonnée.

Le soir était tombé, et Renaud n'était toujours pas parti, peut-être à cause d'Ermangarde. Il avait reçu pour dormir une botte de paille fraîche que le Chevalier avait dénichée Dieu sait où. Il se blottit le long du mur, tandis que Thibaut, qui venait seulement de faire sa réapparition dans la cour, grimpait lestement en s'agrippant aux pierres, pour atteindre le « nid d'aigle » qu'il s'était aménagé dans un décrochement du mur.

Les autres s'entassèrent çà et là.

Quand tout le monde dormirait, Renaud filerait. Il ne pouvait pas rester là, sous la menace des gens du Châtelet et de tous ces horribles individus qu'on lui avait énumérés et qui se plaisaient à pendre les gens !

Renaud en était là de ses réflexions, quand il entendit des pas dans la ruelle, des chuchotements. Suivit un certain remue-ménage. Deux ou trois personnes, semblait-il, venaient d'arriver. S'apprêtaient-elles à passer la nuit dans la cour ? C'était vraisemblable, car le bruit cessa peu à peu, et tout redevint calme. Autour de Renaud, personne n'avait bronché.

Renaud ne dormait pas.

De nouveau, il se fit des mouvements dans la cour. On changeait de place, on chuchota. Quelqu'un toussa. Une heure environ s'était écoulée depuis que les derniers arrivants s'étaient installés pour la nuit, mais Renaud n'osait toujours pas faire un geste. Ces bruits qu'il venait de percevoir... n'était-ce pas le signe que quelqu'un était encore éveillé ? Il fallait attendre, attendre que tout le monde dorme. Alors, il ramasserait sa cape, qui lui servait de couverture, et puis son sac qu'il avait pris la précaution de glisser sous sa tête, et il partirait à la recherche d'un abri plus sûr.

Quand le veilleur passa dans la rue voisine pour annoncer la mi-nuit, Renaud, les yeux grands ouverts, guettait toujours. Tout ce qui lui était arrivé, tout ce qu'il avait vécu sans bien le comprendre depuis la veille au soir lui semblait irréel : il allait sûrement se réveiller ! Qui étaient tous ces gens qui couchaient dehors, dans une cour puante ? Des bandits ! se dit-il soudain. Bien sûr ! le Chevalier était le chef de la bande qui l'avait attaqué dans la forêt ! Certes, Thibaut était intervenu en sa faveur, puis l'avait sauvé, mais... Des bandits ! Dans sa tête défilèrent toutes les images que ce mot évoquait : la récolte brûlée, l'année de ses huit ans, sa mère pleurant devant la maison en cendres, les deux filles de son oncle Henriet massacrées, et la peur qui ronge la campagne à la seule pensée de ces bandes de pillards. Mais non... il devait confondre... il s'agissait sans doute d'autres sortes de brigands : le Chevalier ne pouvait pas être de ces hordes sanguinaires !

La peur qui l'avait quitté pendant la soirée le reprit. Il ne voulait pas être de cette bande. Qu'allait-on faire de lui ? Il fallait fuir, vite ! Il rampa en tremblant vers la ruelle. Mais où irait-il ? Il n'avait pas la moindre idée de l'endroit où il se trouvait. Et si, après la ruelle, il y avait d'autres maisons !... Où se réfugier ?

Il se laissa retomber à plat ventre et se mit à pleurer silencieusement.

CHAPITRE 4

– Savez-vous, dit Thibaut en cassant en deux un pain de seigle, que j'ai rencontré hier au soir une femme... mais une femme...

– Une femme aux cheveux d'or, continua le Poète d'un air entendu, avec des yeux comme des étoiles et un port de reine...

– Et si belle qu'on se mettrait à genoux devant elle, finit le Clerc.

– Comment le savez-vous ? fit le Chevalier d'un air faussement étonné.

– Chevalier ! sourit le Poète, les femmes que vous rencontrez répondent toujours à cette description. Chaque jour vous en aimez une nouvelle, toute semblable à la précédente et toute semblable à celle qui suivra.

Guillaume poussa Renaud du coude.

– C'est qu'il en a du succès, le Chevalier ! Toutes ces dames sont folles de lui.

– ... et je suis fou de toutes.

– C'est-à-dire de personne, observa le Poète.

Le Chevalier leva la tête.

– Que veux-tu dire ?

– Que vous prétendez les aimer toutes, donc que vous n'en aimez vraiment aucune. Quelle inconstance ! Volant de l'une à l'autre, vous perdez le bonheur d'être vraiment amoureux.

Thibaut se mit à rire.

– M'attacher ? Ah non, merci ! Devoir rentrer chez moi tous les soirs, retrouver une femme grincheuse et des gosses pleurnichards... Très peu pour moi ! Vive la liberté !

Le Poète ne dit rien. Il remuait du bout d'un bâton le petit feu d'herbes sèches qu'il avait allumé au centre de la cour, et qui donnait au pain sec un parfum inaccoutumé.

– C'est vrai, reprit Thibaut, que je ne puis m'attacher. Cela tient peut-être à mon enfance... Vous ai-je jamais raconté mon enfance ? demanda-t-il soudain.

Il y eut çà et là des grognements interrogatifs qui l'encouragèrent.

– Tenez ! continua le Chevalier, vous voyez ce pain sec et mauvais ?... eh bien, j'aurais été content d'en avoir tous les jours un comme celui-là quand j'étais gosse, car nous mangions royalement... ou pas du tout. Mes parents étaient morts, et mon grand-père, qui nous élevait, était chevalier, mais sans le sou : nous n'avions même plus de maison. La seule chose que nous possédions, c'était un bateau, une barque plus exactement, et nous voguions sur les rivières, de château en château. Nous étions toujours bien accueillis, car le titre de chevalier, que mon grand-père avait reçu devant Tunis du bon roi Louis, lui ouvrait les portes. On lui demandait de raconter ses croisades. En fait il n'avait fait que la huitième, mais il la racontait comme s'il avait été de toutes. On n'accordait pas entièrement foi à tout ce qu'il narrait, mais c'était si bien dit ! La mort de Saint Louis était son morceau de bravoure. Il y avait réellement assisté, et c'était l'événement de sa vie...

« Donc, nous étions un soir ici, un soir là, jusqu'au jour où nous arrivâmes au château du comte de Sandes. C'était le jour de Pâques. Le comte recevait à sa table tous les seigneurs du voisinage. On nous pria de prendre place ; et voilà qu'au milieu du repas, le comte se lève et dit solennellement : « Nous fêtons aujourd'hui la résurrection du Christ, mais sommes-nous dignes de lui ? Nous accumulons les richesses et laissons les pauvres aller nu-pieds et le ventre creux. Voyez ce chevalier, qui a donné son sang pour le Christ, qui a dépensé tout son avoir à s'équiper pour suivre notre bon roi dans sa croisade, et qui, maintenant, erre, sans autre abri que son pauvre bateau. » Le silence était total. Le comte jeta un coup d'œil circulaire et reprit : « Nous qui sommes riches, je propose qu'en pénitence de nos péchés, nous le soulagions de la lourde charge que constitue pour lui sa famille. Il a cinq petits-enfants : je m'offre à prendre en charge l'un d'eux, à le nourrir, et à lui donner la même éducation que s'il était mon propre enfant. »

« Il ne dit rien de plus et s'assit. Aussitôt, les autres seigneurs se levèrent et firent serment de veiller sur nous. C'est ainsi que je fus pris en charge par le comte, et mes frères et sœurs dispersés dans les familles des nobles alentour. Je dois dire que le comte m'aima comme son fils, mais... (il eut un mouvement d'épaules fataliste) je n'étais pas fait pour une vie sédentaire. Aussi, quand un jour il me dit : « Épouse ma fille et dirige mes terres », je suis parti. Cela a dû être dur pour lui, mais il me connaissait bien, il a sûrement compris... »

Dans le silence qui suivit, on entendit le bruit de la foule, par-delà la ruelle. Hubaldus se leva précipitamment.

– Je vais être en retard pour la sortie de la messe ! Viens vite, Princesse !

La petite se plaça sur sa droite, pour qu'il puisse facilement la tenir à l'épaule, et ils quittèrent la cour.

Dans l'angle du fond, les formes qui dormaient sous les couvertures commencèrent à remuer. Renaud reconnut alors trois des hommes qui l'avaient tant effrayé dans la forêt. Il apprit qu'il s'agissait de Dodon Angot, dit « le Vendangeur », dont la spécialité était de vider les bourses, du « Desrocheur », qui ne dit pas son vrai nom et avait été si habile à le détrousser, et de Jaspar Diguet, surnommé « la Turquoise », du nom de l'objet qui sert à fracturer les coffres.

D'emblée, Renaud se sentit pour eux trois la plus vive antipathie. Heureusement, ils ne mangèrent pas sur place et, assez pressés semblait-il, filèrent après avoir esquissé un vague salut. Guillaume les suivit de loin.

Avec Renaud, restaient donc Archambaud, Thierry le Clerc, le Chevalier et la Sorcière, Léthéardis de son vrai nom.

– Que comptes-tu faire ? demanda le Clerc à l'enfant.

Renaud eut une moue indécise.

– As-tu jamais coupé une bourse ? s'enquit Archambaud le Poète.

L'enfant fit un signe négatif avant d'ajouter :

– Je ne veux pas voler.

Il avait pensé à cela toute la nuit ; il n'avait pas quitté la cour, mais il devrait être ferme, ne pas céder d'un pouce : jamais il ne serait de ces bandits.

Bien sûr, il aurait dû partir, mais où ? Qui accueillerait un pauvre enfant sans le sou ? Tant d'orphelins traînaient dans la rue. Chacun avait bien assez à nourrir ses propres enfants.

Vers la fin de la nuit, il en était venu à penser qu'il avait tort de mépriser ces gueux : eux, au moins, lui avaient offert une botte de paille et une place dans leur cour.

Le Poète avait souri.

– Et... comment comptes-tu gagner ton pain ?

– Tu ne crois tout de même pas, grogna Léthéardis, que tu vas vivre à nos crochets ?

Le Clerc prit fermement l'enfant par le menton.

– Tu ne veux pas voler ? Pourquoi donc ? Sais-tu bien que voler pour se nourrir n'est pas un péché ? Même l'évêque te le dira !

– Je ne sais pas ce que dit l'évêque, chantonna la Sorcière, mais s'ils prennent le voleur, ils le pendent.

Le Clerc haussa les épaules.

– S'il ne veut pas voler, reprit le Poète conciliant, il n'a qu'à mendier !

– Il est peut-être un peu trop bien portant pour cela... mais Léthéardis pourra y remédier. Veux-tu mendier ? demanda Thierry.

Renaud hésitait : il fallait bien vivre, et il ne savait rien faire. Mendier... il savait un peu... Quelquefois, il se glissait jusqu'aux cuisines du château pour demander un peu de sauce du rôti.

Assis dans un coin, le Chevalier observait la scène sans rien dire. Comme Renaud ne savait que répondre, Thierry conclut :

– Va pour la gueuserie ! Occupe-t'en, la Sorcière !

Le Chevalier se leva.

– Bon, il est temps. Venez-vous ?

Thierry et Archambaud suivirent Thibaut qui montait la ruelle en tenant son cheval par la bride. Renaud regarda le Chevalier s'éloigner. Il l'aimait, sans savoir pourquoi, il aurait voulu aller avec lui et, au lieu de cela, il restait seul avec la Sorcière et n'en était pas très rassuré. Ermangarde lui avait certifié qu'il ne risquait pas de se faire crever les yeux, mais qu'en savait-elle après tout ? Renaud regarda derrière lui : il n'y avait vraiment personne d'autre que Léthéardis, qui fouillait dans un grand sac. Il voyait difficilement comment une vieille femme pouvait lui faire du mal : il était certainement plus fort qu'elle !

La vieille était en train de sortir de son sac feuilles, pots et vieux chiffons, sans s'occuper le moins du monde de son compagnon. Devait-il rester ? Essayer de rejoindre Thibaut ?... mais Thibaut ne l'y avait pas invité ! Renaud ne savait à quoi se résoudre. Enfin, Léthéardis se leva et se dirigea vers le coin au bric-à-brac pour y quérir un mortier de bois.

– Viens là, dit-elle. Regarde, car demain c'est toi qui feras la mixture. Tu mets du suif, un peu de sang, une poignée de sable et quelques herbes. Tu mélanges bien. Il faut que ça sente mauvais, mais pas trop, sinon les gens s'écartent de toi et montrent plus de dégoût que de pitié.

Renaud regarda avec écœurement la Sorcière saigner le poulet que Thibaut avait rapporté le matin même.

– Voilà... continuait Léthéardis, passe-toi ça sur le corps. Il faut que tu aies l'air d'être atteint d'un mal incurable. Si tu sembles trop bien portant, on te dira : « Va travailler au lieu de mendier »... Là... c'est bien. Si on te demande le nom de ta maladie, tu dis que les médecins ne savent pas. Compris ?... d'une voix faible, hein ! Ne t'en va pas claironner ! La bonne santé, ça s'entend dans la voix aussi !

Renaud hocha la tête.

– Pas mal ! s'exclama Guillaume qui revenait.

La voix rauque était presque aimable.

– Tu n'es pas encore au travail ? s'étonna Léthéardis.

– J'ai oublié mes tumeurs !

Guillaume fouilla dans le tas de chiffons, en choisit quelques-uns qu'il roula en boule avant de les glisser dans ses vêtements.

– Regarde, mon gars, dit-il. À ton avis, de quoi ai-je l'air ? Je vais te le dire : d'un pauvre homme qui a des tumeurs et qui est bien courageux de jouer de la viole malgré tout. Ça paie, ça. Ça émeut le bon peuple ! Allez, viens, on y va !

CHAPITRE 5

Des rues, encore des rues ! Combien pouvait-il bien y en avoir dans cette ville ? Guillaume avait dit que c'était Paris.

Paris ! Comment respirer entre ces murs, ces maisons si hautes ? Ne tombaient-elles jamais ? N'allaient-elles pas s'écrouler sur lui ? Renaud filait dans les ruelles à la remorque du joueur de viole, se dépêchant de quitter cet endroit dangereux... mais pour déboucher dans une rue tout aussi étroite, avec des maisons tout aussi hautes et menaçantes. Il aurait aimé ramper. Là, sur le sol, il se serait senti moins écrasé. Certaines rues étaient entièrement pavées, un peu en pente vers le milieu, et dans le creux circulait un petit ruisseau d'eau sale et d'ordures pourrissantes.

Guillaume essayait de marcher le long des maisons, le plus loin possible de la rigole puante qui vous éclaboussait à chaque passage de voiture. Pourtant dès qu'un bourgeois bien habillé le croisait, il devait descendre dans l'eau sale, pour lui laisser le haut du pavé.

Derrière, Renaud imitait le moindre geste de Guillaume : il ignorait tout de la vie dans la cité, et il lui semblait que cette eau noire et visqueuse qui s'écoulait à ses pieds en était l'image même. Sa condition à lui était de marcher dedans.

Renaud s'assit sur les marches de l'église. Il s'habituait mal à l'odeur de la mixture dont il s'était enduit. Au début, il en avait eu la nausée. Maintenant, il la sentait moins, mais la seule vue de la couleur de sa peau le dégoûtait.

Les semelles, cousues sous ses chausses, lui faisaient mal aux pieds. Il pensa qu'il vaudrait encore mieux rester pieds nus : c'est ce qu'il ferait le lendemain. Demain... Devrait-il encore s'enlaidir ainsi ? N'y avait-il pas un autre moyen de gagner son pain ? Les larmes lui vinrent aux yeux : il ne supporterait pas cette vie ! N'était-ce pas plus dur, de rester ainsi debout dans les courants d'air, que de travailler ?

Il essuya ses mains poisseuses sur ses braies et se remit debout.

En milieu d'après-midi, les rues se vidaient autour de Saint-Jean. Même la place de Grève semblait déserte. C'est Guillaume qui avait conseillé au garçon de mendier près de l'église. Le titulaire de cette place étant mort la veille, personne ne la lui disputerait.

– C'est un bon endroit, lui avait dit l'homme à la viole, un quartier commerçant et aisé. Tu devrais t'y faire deux deniers par jour. Ce n'est pas énorme, mais tu pourras manger. Les bonnes places, dans la cité par exemple, il faut pouvoir les gagner ! Il y a trop de bagarre, dans ces coins-là. Crois-moi, reste ici !

Il y était resté. Où serait-il allé, d'ailleurs ? Il était perdu dans cette ville, et le seul chemin qu'il saurait prendre était celui d'un repaire de voleurs.

À cette pensée, ses yeux s'embuaient, mais il ne fallait pas pleurer, cela ne servait à rien. Peut-être devait-il même remercier le ciel de l'avoir conduit vers les seuls êtres capables de l'accueillir dans leur domaine, qui aussitôt devenait le sien ? On s'était occupé de lui, on lui avait offert une botte de paille et un endroit pour mendier, et, qui plus est, il n'était même pas question qu'il dépende de quelqu'un.

Maintenant il était là, sur la place de Grève, et n'avait plus le courage d'en bouger. Au début, il n'osait pas tendre la main, mais quand le jour fut bien avancé, la peur lui vint de n'avoir pas à manger, et il commença timidement à demander l'aumône.

– Attention ! s'exclama un homme qui roulait un tonneau de vin.

Renaud fit un saut de côté et, perdant l'équilibre, s'affala sur un tas de charbon. D'autres tonneaux descendaient la place, poussés par des hommes musclés qui les chargeaient ensuite sur des charrettes : on remportait tous les fûts entreposés sous les piliers de l'Hôtel de Ville, dans un vacarme assourdissant.

– La taverne de la Grande-Ourse ! cria une voix qui venait du bord de Seine.

Un homme tirant une petite charrette pénétra sur la place de Grève.

– Goûtez le vin de la taverne de la Grande-Ourse ! Tenez, monseigneur, humez-moi ce parfum...

Du tonneau de sa carriole, il versait du vin aux passants, mais n'en proposa pas à Renaud, qui sans doute n'avait pas le type du client éventuel : il devait plutôt ressembler à tous les gueux qui ne traînent dans les tavernes que lorsqu'ils peuvent encore y contracter des dettes.

– La taverne de la Grande-Ourse vous propose le meilleur vin ! Venez-y tous, vous qui aimez boire, vous qui aimez la bonne compagnie, vous qui avez fin palais, vous qui voulez noyer votre chagrin ou danser de joie... Venez à la taverne de la Grande-Ourse !

Comme vêpres sonnaient, l'employé de la taverne s'éloigna un peu : il arriverait sûrement à faire goûter son vin aux fidèles, à condition qu'il ne se tienne pas trop près de l'église. Dans un rayon de cinquante pas autour du porche, la peur du péché de gourmandise lui ôterait des clients. Au-delà, on n'était plus que gourmet.

Au son des cloches, Renaud avait vite regagné le porche de Saint-Jean, et tendait piteusement la main. Son expression humble lui attirait la sympathie ; quelques pièces lui furent glissées.

Il baissait les yeux pour n'avoir pas à regarder le visage des gens... Une robe noire, une verte, une brune, une bleue, une bleue qui s'était arrêtée plus longtemps que les autres, qui ne partait pas. Renaud leva la tête. Une jeune fille au visage clair et aux yeux rieurs le regardait avec un sourire dont il ne sut pas s'il était apitoyé ou moqueur. Elle lui glissa un blanc[1] de quatre deniers et entra rapidement dans l'église, suivie d'un serviteur qui portait son livre d'heures.

Renaud resta un moment sans réaction, regardant sa pièce avec un étonnement mêlé de crainte. Il se sentait mal à l'aise, ses nausées le reprenaient. Comme un automate, il quitta le porche, traversa la place de Grève et s'arrêta au bord de la Seine, à regarder couler l'eau. Puis il remonta le fleuve jusqu'à la rue Saint-Denis et se mit à courir. Il fit une courte halte à la première fontaine qu'il trouva déserte, pour se laver le visage, puis repartit en courant vers le cimetière des Innocents : il regagnerait sa cour par le seul chemin qu'il connaissait.

Il y était. Tout essoufflé, il s'affala dans un coin. Cette ville l'oppressait. Jamais il n'aurait pensé qu'il pouvait y avoir tant de maisons, tant de monde, que les riches vivaient au milieu des pauvres. Chez lui, les riches habitaient le château, les pauvres la campagne. On s'apercevait de loin, c'était tout. Ici... Et la jeune fille, comme elle l'avait regardé ! Avait-

1. Blanc : petite monnaie d'argent.

elle deviné son maquillage ? Un bruit de sabots dans la ruelle...

– Ah ! tu es là !

Thibaut tenait deux chevaux par la bride. Le Clerc et Archambaud suivaient, avec d'autres chevaux.

– Les trois fouineurs ne sont pas arrivés ? demanda le Chevalier.

– Qui ?

– Dodon, Jaspar et le Desrocheur !

– Je ne les ai pas vus, dit Renaud, je viens de rentrer.

On ne lui demanda pas ce qu'il avait fait ni ce qu'il avait gagné.

– Je n'avais pas pensé que tu serais déjà de retour, remarqua le Chevalier, je n'ai pris que six chevaux. Ah ! les fouineurs, cria-t-il vers la ruelle, dépêchez-vous, nous partons !

Jaspar-la-Turquoise pénétra dans la cour.

– Où allons-nous ?

– Un convoi de vivres chemine vers Paris. Il faut l'intercepter avant qu'il n'arrive aux portes, au-delà de l'abbaye Saint-Germain-des-Prés.

– Combien d'hommes...?

– Les deux charretiers, c'est tout.

– C'est tout ? C'est trop beau pour être vrai !

– C'est-à-dire, sourit Thibaut... les soldats de l'escorte se sont égarés dans les bois en poursuivant trois bandits.

Le Clerc et le Poète se jetèrent un coup d'œil entendu.

– À cheval ! ordonna le Chevalier… et pas de morts, hein !

Dodon le Vendangeur haussa les épaules. Les six chevaux remontèrent la ruelle au petit trot. À peine avaient-ils disparu que la Sorcière entra dans la cour.

– Où vont-ils ? demanda-t-elle en désignant du menton la ruelle.

– Si j'ai bien compris… hésita Renaud, ils vont attaquer un convoi de vivres.

La vieille bouche édentée esquissa un sourire.

– J'espère qu'il y aura de la farine, cette fois : je ne peux manger que de la bouillie. J'ai encore une dent, mais je la garde pour les jours de pénurie, où il n'y a que des choses dures à grignoter. Elle me permet de ne pas mourir de faim.

Renaud sourit : Léthéardis n'était pas si terrible que ça ! Pourquoi lui avait-elle fait si peur, au début ? Elle était un peu bizarre, c'était tout.

La vieille s'assit en face de Renaud et fouilla dans son sac.

– Je prépare l'hiver, dit-elle avec un clin d'œil. Tu vois, du thym pour éviter les maux de poitrine, les sales maladies qui vous guettent au coin des rues, et puis de l'écorce de chêne, de l'ail et du chardon qui vont pour tout, du lierre pour la vue et les douleurs…

– Vous connaissez toutes les plantes ?

La vieille ne répondit pas. De ses doigts

noueux elle étirait les feuilles, triait les branches, faisait des tas. Au bout d'un moment, elle regarda ses mains d'un air rêveur et dit :

– Je t'apprendrai, si tu veux.

Jusqu'au soir, Renaud l'aida à trier ses plantes, lentement, soigneusement. Ils venaient juste de finir quand les chevaux revinrent.

– Allez ! Aidez-nous !

Les hommes avaient sauté de leur monture et déchargeaient les sacs qui pendaient de chaque côté.

– Il y a de la farine ? demanda la vieille, inquiète.

– Fouille, tu verras ! répondit Dodon avec une inhabituelle bonne humeur.

Les hommes étaient joyeux, mais Renaud remarqua tout de suite que Thibaut ne les accompagnait pas.

– Le Chevalier n'est pas là ?

Les autres pouffèrent

– Le Chevalier a à faire...

Renaud respira mieux : Thibaut n'avait pas été pris, Thibaut qui, pour l'instant, lui semblait être sa seule sécurité.

Le Chevalier n'arriva que vers la fin des festivités, pour lesquelles on avait rôti des poules et des lapins, cuit des fèves et des pois, et préparé une grosse bouillie. Il était affamé.

– Était-elle blonde ? interrogea malicieusement le Clerc.

– Brune ! répliqua le Chevalier en riant.
– Ce n'est pas la même qu'hier, alors !
– Hier ? Hier est fini. Non, Thierry, pas deux fois la même ou alors on risque de s'attacher…

CHAPITRE 6

Quand Renaud se réveilla le lendemain matin, il avait mal à la tête et se sentait la langue collante. Pour la première fois, la veille, on lui avait fait boire du vin. Il appuya ses paumes sur ses yeux douloureux, essayant péniblement de se rappeler ce qu'il faisait là. Son esprit restait brumeux, et ce qui en sortait avait toute l'apparence du rêve. Oui, la veille, il avait mendié, et soupé de nourriture volée. Si son ami le curé le voyait ! Non... il ne le condamnerait pas : comment un enfant peut-il vivre, seul dans une grande ville où il ne connaît personne ? Du moins personne qu'il puisse présenter sans honte à un prêtre. Renaud n'était pas très sûr de l'approbation de son vieil ami... mieux valait ne plus y penser !

Tout le monde dormait encore. Les reliefs du festin de la veille traînaient partout, donnant à la cour un aspect plus crasseux que jamais. Le garçon se leva : il fallait qu'il se rafraîchisse le visage, il y verrait plus clair.

La fontaine de la rue voisine était déserte, mais, sur la petite place, quelques portes s'étaient déjà ouvertes. Renaud mit de l'eau dans ses mains et se la passa sur la figure. Ça faisait du bien. Il s'essuya d'un revers de manche, en contemplant d'un œil distrait l'escove[1] qui était appuyée au chambranle de la porte d'en face. Cela lui rappelait sa mère, qui tenait tant à la propreté de sa maison. Il sourit.

Sans l'avoir vraiment voulu, il venait de faire le tour de la fontaine. Il gagna l'autre côté de la petite place et longea le mur jusqu'au balai. Lui qui croyait n'avoir pas de projet fut tout étonné de s'apercevoir qu'en fait il savait parfaitement ce qu'il faisait : il jeta un coup d'œil alentour, saisit l'escove et s'enfuit en courant. Il galopa jusqu'à sa ruelle. On n'entendait pas un bruit, que celui de son cœur qui battait à se rompre. Personne ne le poursuivait. Personne ne s'occupait de lui. Il descendit la ruelle, le balai sur l'épaule, et c'est alors seulement qu'il dut se rendre à l'évidence : il avait commis un vol ! Devait-il en avoir honte ? Il n'y arrivait pas et renonça à démêler le flot d'impressions contradictoires qui l'envahissait. Il se dit soudain qu'il rapporterait l'escove à la nuit tombée, et cela le soulagea.

Dans la cour, tout était comme il l'avait laissé. Il balaya le sol, entassant au milieu les saletés, sur lesquelles il ajouta un peu de paille sèche, puis la paille moisie du coin. Il y mit le feu.

En peu de temps, une épaisse fumée noire monta entre les maisons.

1. Escove : sorte de balai.

– Qu'est-ce qui se passe ? s'exclama Thibaut en s'asseyant d'un bond.
– Je nettoie.
– Ah !... Le Chevalier restait bouche bée. Nom d'une punaise, s'écria-t-il au bout d'un moment, tu me donnes une idée ! Garde-moi un peu de paille pourrie, veux-tu ?

Dans l'ensemble, le nettoyage de Renaud n'eut pas le succès escompté. Seul Archambaud trouva que c'était une bonne chose. Les autres, sans y être opposés, s'en fichaient.
– Ça ne vous ferait pas de mal, tas d'encrassés, exhorta le Poète, de vous laver aussi un peu. Vous puez, la vermine vous bouffe, vos vêtements sont raides et poisseux !
Devant le peu de succès de son coup de gueule, Archambaud haussa les épaules.
– Qui vient à l'étuve avec moi ?
Seul Renaud était d'accord.
– Combien as-tu ? demanda le Poète en sortant une petite bourse de son braïel[1].
– Six deniers.
– Bon... ça fera assez. On va même pouvoir prendre un bain. À deux dans la cuve, on en aura pour douze deniers... et je t'offre la location d'une serviette.
Les autres écoutaient d'un air las.
– Faut-il avoir de l'argent à foutre en l'air ! grogna Jaspar.

1. Braïel : ceinture qui tient les braies.

– Ça, observa Thibaut, tu ne te ruines sûrement pas en savon.

Renaud et Archambaud étaient partis. Le bruit avait réveillé les autres dormeurs qui se grattaient et se raclaient la gorge.

Ermangarde regarda Archambaud disparaître. Elle avait suivi toute la conversation. Elle aussi serait bien allée à l'étuve. Si un jour la quête était bonne, elle demanderait quatre deniers à Hubaldus, quatre deniers pour s'étuver. Malheureusement, ils ne rapportaient chaque jour guère plus de deux à trois deniers... Comment diable Renaud avait-il fait pour en gagner autant ?

La journée se passa à ne rien faire. On avait de quoi manger pour un mois, depuis le coup de la veille, il était inutile de se fatiguer. On demeura donc dans la cour, à jouer aux dés, et on n'en sortit qu'en fin d'après-midi, pour flâner dans les rues.

Seuls Archambaud, le Clerc et Renaud restèrent.

– Tu te rappelles, dit le Clerc, ce que je t'ai dit, l'autre jour, sur le marchand dont la femme a un manteau fourré de petit-gris ?

– Hum, fit le Poète distraitement.

– Eh bien, il est descendu à l'auberge de la Coquille.

– Et alors ?

– Alors...

Thierry prit un air finaud.

Le Poète secoua la tête, découragé.

– Tu sais bien qu'on est grillés : le patron ne nous laissera pas entrer. On est trop connus...

– ... nous, oui...

Archambaud leva la tête. Le Clerc continuait :

– Mais le gosse, non !

Le Poète réfléchit un instant.

– Oui... il pourrait faire le blanc coulon... mais il faudrait lui trouver d'autres frusques !

– C'est vrai ! Habillé comme ça, il sera foutu à la porte... Attendez-moi, je reviens.

Le Clerc disparut par la ruelle. Il resta absent une bonne heure, puis revint avec un manteau de drap sur les épaules, et, cachés sous sa robe, une fine chemise, des braies de toile, des chausses de soie et un surcot. Il avait trouvé tout ce beau linge dans le panier d'une blanchisseuse qu'il avait quelque peu bousculée, et les souliers lui tendaient les bras dans l'échoppe que le cordonnier avait laissée vide quelques instants.

On enfila le tout à Renaud et, sans lui demander s'il était d'accord – ce qui lui évita de se poser des questions –, on lui expliqua son rôle.

– Vas-y ! dit le Clerc.

Le cœur battant, Renaud entra dans l'auberge, prétendit attendre son père qui devait venir le retrouver le lendemain, et demanda un lit dans l'unique chambre, un lit à une seule place, plus cher, mais qui lui permettrait une plus grande liberté de mouvement.

Il se coucha tout de suite, tandis que les autres voyageurs soupaient dans la grande salle, et fit semblant de dormir. À la tombée de la nuit, il entendit ses compagnons de chambre monter se coucher. Les yeux mi-clos, il observa la place que prenait chacun, et en particulier le riche marchand et sa femme. Les chandelles furent mouchées, les souffles devinrent réguliers, si calmes que Renaud dut lutter contre le sommeil.

Quand le veilleur cria la mi-nuit, Renaud se leva silencieusement, ouvrit la fenêtre et scruta l'obscurité. Deux ombres se profilaient sur le mur d'en face.

Sans faire de bruit le garçon se glissa de lit en lit, entassant sur son bras manteaux et sacs. Il avait l'impression que les battements de son cœur allaient réveiller la chambrée, mais rien ne se passa. Il retourna à la fenêtre et jeta le tout dans la rue. Il fit ainsi quatre voyages, puis il jeta son propre manteau et sa bourse, vide d'ailleurs, avant de refermer la fenêtre avec d'infinies précautions. Les deux ombres, en bas, s'activaient. Renaud ne resta pas les regarder. Il se sentait un peu malade. Doucement, il retourna se coucher.

Il fut réveillé le lendemain, par des cris dans la chambre.

– Ma houppelande !

– Mon argent !

– Mon manteau !

Chacun regardait son voisin avec suspicion. L'aubergiste dut monter pour rétablir le calme, et on fouilla chaque literie. Inutile de dire que rien ne fut retrouvé. Renaud se plaignit bien haut du vol de son manteau et de sa bourse, et déclara, selon la formule apprise par cœur, que jamais plus il ne remettrait les pieds dans un tel coupe-gorge.

– Tu n'as pas tout ramassé ! remarqua le Clerc un peu mécontent.

Renaud venait d'arriver dans la cour. Il répondit sèchement :

– J'ai laissé à chacun de quoi s'habiller. C'est mon droit, non ?

Un sourire passa sur les lèvres d'Archambaud.

– Ce garçon a du cœur, dit-il.

Ses yeux se firent rêveurs, puis, comme s'il venait d'être pris d'une idée subite, il sortit de sa chemise un morceau de parchemin cent fois gratté, et, s'allongeant à plat ventre par terre, se mit à écrire fébrilement, de sa plume écornée, sans plus s'occuper de personne. De mauvaise humeur, le Clerc entassa une partie des vêtements du butin sur les bras de Renaud, et prit le reste.

– Suis-moi, dit-il, nous allons voir Josué.

Renaud suivit. Il était mal à l'aise, mécontent de lui et des autres. Était-ce parce qu'on lui avait reproché d'avoir bâclé son travail ?

Était-ce parce qu'il avait participé à
qu'il réprouvait ? Ne s'était-il pas ju
mier jour, de rester en dehors de tc
Pourtant, il était si injuste que les uns
de misère quand les autres se gob ... !
Depuis qu'il était à la Cour, il n'avait jamais connu la faim, la vraie, celle de son village, la faim qui vous lance à la recherche de la moindre racine, qui vous tord l'estomac durant des jours et des mois. À la Cour, on ne mangeait pas suffisamment, certes, mais on mangeait, il fallait en payer le prix.

Ils traversèrent la rue Saint-Denis et longèrent le cimetière des Innocents. Les fripiers y étalaient leur marchandise défraîchie, retaillaient les vêtements usés, bouchaient des trous... Thierry et Renaud s'arrêtèrent devant un étal encombré de vieilles frusques.

– Thierry Cimestre, mon ami, que me vaut l'honneur... s'exclama le fripier, un petit homme sec et souriant.

– Voilà des manteaux, Josué. Combien m'en donnes-tu ?

Le fripier tâta les fourrures en hochant la tête, puis il poussa un soupir et, d'un ton hésitant :

– Tu sais que je n'ai pas le droit...

– Hé ! C'est un ami qui me les a donnés !

Le fripier prit un air mi-impatient, mi-ennuyé.

– Tu sais que je n'ai pas le droit de vendre des marchandises volées. Si je suis pris, je perds mon autorisation de tenir boutique !

– Tu la perds... mais tu peux la racheter !

Le fripier ne répondit pas. Il tourna et retourna les manteaux, puis remarqua :

– Tu sais aussi que je suis juif. On nous guette. À la moindre incartade, on peut nous mettre dehors.

– C'est bon, grogna Thierry, je vais les porter chez Gibet.

D'un grand mouvement, il ramassa tous les manteaux, mais le petit juif lui avait agrippé le bras et chuchotait :

– Vingt-cinq livres !

– Trente-cinq, pardieu !

– Chut... (Josué lança des coups d'œil furtifs à gauche et à droite.) Trente et c'est dit.

– C'est dit !

Le juif compta l'argent dans la main du Clerc en marmonnant :

– Et il va encore falloir que je retaille tout ! Ces manteaux sont trop facilement reconnaissables par leurs propriétaires.

Le Clerc glissa l'argent dans une poche aménagée à l'intérieur de sa robe : qui, mieux que lui, pouvait savoir qu'on ne se méfie jamais trop des voleurs ?

– Josué, dit-il soudain, nous faisons ripaille, ces jours-ci. Si tu veux, ce soir...

– J'y serai.

CHAPITRE 7

Renaud avait passé le reste de la journée à sa place, sous le porche de l'église Saint-Jean. Il avait dû, la mort dans l'âme, ôter ses vêtements neufs et après s'être enduit de la pâte gluante, remettre ses haillons, qui lui parurent encore plus laids qu'avant.

De tout l'après-midi, il n'avait pas gagné un sou, mais à l'heure de vêpres, la jeune fille aux yeux rieurs lui avait glissé un blanc de quatre deniers. Cette fois, il n'était pas parti, il avait attendu qu'elle ressorte de l'église : il voulait la voir, bien la voir, pour graver son image dans sa tête. Mais quand la jeune fille avait redescendu les marches, elle ne lui avait pas adressé le moindre regard. Bêtement, Renaud s'était senti blessé.

Maintenant, il rentrait à la cour, traînant le pas, découragé sans savoir vraiment de quoi.

Tout le monde était là. On avait même commencé à manger. Renaud s'assit à côté du Chevalier. Depuis le premier jour, il l'avait élu. Bien que Thibaut ne lui adressât que rarement la parole, il se sentait proche de lui, protégé par sa seule présence.

Josué faisait de grands gestes.

– Ça va mal pour nous dans le sud, disait-il. Il paraît qu'on a brûlé des juifs !

– Pourquoi ? demanda le Chevalier en mordant dans une cuisse de poulet.

– À cause du Mal. On accuse mes frères d'avoir empoisonné les fontaines, pourri l'air, et même de payer les lépreux pour le répandre.

– Pour répandre quoi ?

Hubaldus ne comprenait pas.

– Le Mal !

– Quel Mal ?

– Cette manie, s'exclama le Chevalier, de ne pas vouloir appeler les choses par leur nom ! Josué veut dire la PESTE !

– La peste ? s'ébahit Guillaume.

– Dieu nous protège ! murmura Hubaldus en se signant.

Ermangarde ne disait rien : le mot n'évoquait pas grand-chose pour elle, elle était trop jeune.

– Elle n'est pas ici, rassura Thibaut, mais à l'autre bout de la France. Que disais-tu, Josué ?

– Qu'on recommence à nous persécuter. Dès qu'un malheur s'abat sur le monde, on nous accuse !

On n'entendit pendant un moment que des bruits de mâchoires, puis le Chevalier laissa tomber :

– Voulez-vous que je vous dise pourquoi les juifs sont responsables de tous les maux ?

Josué leva des yeux inquiets. Le Chevalier laissa planer un silence de mort, puis conclut :

– Parce que c'est bien commode !

Les rires fusèrent. On se remit à manger de plus belle. Seuls, les trois fouineurs ne participaient pas à la gaieté générale, ils palabraient de leur côté et ne s'étaient pas mêlés à la conversation.

À la fin du repas, le Chevalier se leva discrètement, entassa dans un chaudron la vieille paille que Renaud lui avait mise de côté, et fourra le tout dans un sac, avant de quitter la cour en déclarant :

– Adieu, braves gens, ce soir je couche en ville !

– Si on a besoin... commença Guillaume.

– Pas question de me déranger : je suis à l'auberge.

– Qu'allez-vous y faire ? cria le Clerc.

Mais le Chevalier était déjà parti.

– Je me demande ce qu'il mijote, murmura Archambaud.

Guillaume fit une moue dubitative.

– Rien de lucratif ! Si on le laisse entrer à l'auberge, on ne le laissera sûrement pas ressortir sans l'avoir fouillé.

Chacun retourna à ses pensées. Alors Guillaume prit sa viole et chanta une histoire de brigands et de gibet que tous reprirent en chœur. Renaud apprit par la suite que la chanson avait été écrite par Archambaud, mais, pour l'instant, comme il ne connaissait pas les paroles, il ne chanta pas. Il pensait à Thibaut. Où était-il allé ?

Thibaut s'enfonça dans un dédale de ruelles dont il ressortit près des halles, puis emprunta la rue Montmartre jusqu'à une place petite et propre, siège de la fameuse auberge. Quand il entra, l'aubergiste fronça les sourcils : le Chevalier était fort connu pour avoir des dettes partout et vivre d'expédients.

Thibaut prit un air moqueur et annonça :

– Je paie comptant !

Le visage de l'autre resta méfiant, mais se détendit un peu.

– Un lit ! demanda Thibaut en faisant sonner une pièce sur la table de bois.

L'aubergiste prit sa lampe.

– Ça va ! Suivez-moi ! Attention à la troisième marche, elle branle.

D'un pied sûr, Thibaut évaluait l'escalier. Quand, enfin, on lui ouvrit la porte de la chambre, le Chevalier savait que la deuxième et la huitième marche craquaient, sans compter que la troisième branlait. Savoir tout cela ne lui serait sans doute d'aucune utilité, mais il ne fallait pas perdre les bonnes habitudes...

Dans la chambre s'entassaient une dizaine de lits, et presque tous étaient occupés. Thibaut remercia, bâilla et se coucha.

Au milieu de la nuit, on entendit des cris :

– Au feu ! au feu !

Des volutes de fumée noirâtre tourbillonnaient dans la chambre et s'échappaient par la fenêtre.

On courait partout. Les badauds, en tenue de nuit, s'entassaient devant la porte.

On cherchait de l'eau, des seaux. Les occupants, affolés, sortirent en courant. Le tocsin sonna. De partout, les badauds affluaient. La fumée âcre remplissait les chambres.

Quand, enfin, on eut trouvé l'origine du sinistre, qu'on eut inondé l'étage, on découvrit que toute cette fumée sortait simplement d'un chaudron plein de paille moisie, posé dans un coin de la chambre. On s'aperçut alors que la panique avait profité à quelqu'un : toutes les bourses avaient disparu...

CHAPITRE 8

– Combien ? demanda Guillaume.

Le Chevalier comptait des pièces dans le creux de sa main.

– Quarante-six livres !

Guillaume siffla entre ses dents.

– Les affaires marchent !

Thibaut réfléchissait.

– Je m'achèterai peut-être enfin un cheval ! C'est ennuyeux d'avoir à en voler un chaque fois que j'en ai besoin. Je perds du temps... Sans compter qu'on risque de le reconnaître à tout bout de champ !

Les trois fouineurs venaient de quitter la cour, Guillaume enfilait ses tumeurs. Thibaut jeta un coup d'œil circulaire et demanda :

– Le gosse est parti ?

– Hum... Je l'ai affecté à Saint-Jean, vu que la place était vacante. Il doit y être !

Renaud y était, repoussant un porc qui venait boire l'eau sale jusqu'à ses pieds ; l'animal ne voulant pas s'éloigner, le garçon préféra changer de place. Il monta deux marches et s'assit. Il ne verrait plus personne avant les vêpres : il commençait à connaître son quartier. Le gros bourgeois, par exemple, qui sortait immanquablement au milieu de l'après-midi pour se rendre chez son voisin le drapier, et en ressortait une heure après, puis descendait vers la Seine. Celui-là ne lui donnait jamais le moindre denier. Il y avait aussi le crieur de vin, les ménagères que Renaud connaissait bien de vue, les poules et les cochons qui l'ennuyaient, toutes sortes de commerçants et toutes sortes de malfrats, de mendiants, de faux aveugles et de vrais boiteux, sans compter la foule des sans-emploi qui venaient chercher de l'embauche. Et tout ce monde se côtoyait en s'ignorant. Les gosses jouaient sur les tas de bûches ou de pavés qui envahissaient les abords de l'Hôtel de Ville, ou dans le ruisseau, parmi les ordures.

De temps en temps, une femme se donnait la peine de venir balayer tous les détritus, et de les pousser jusqu'à la Seine. Renaud aimait bien son petit monde, il y avait ses habitudes. Ainsi, lorsqu'un bateau arrivait au port, il y descendait pour voir décharger la marchandise. C'était un de ses grands plaisirs, une bouffée de rêve. Mais son heure préférée était celle de vêpres, à cause de la jeune fille. Oh ! il ne lui adressait pas la parole, il ne la regardait même pas vraiment, mais elle passait, et il sentait son parfum. Elle lui donnait quatre deniers, chaque jour, toujours quatre deniers, qui ne lui procuraient plus aucun plaisir. Il commençait même à en être gêné, car il lui donnait à croire, par son apparence, qu'il était malade, et elle donnait à un malade. Mais était-elle vraiment dupe ? Ses yeux moqueurs laissaient supposer le contraire. Renaud se sentait mal dans sa peau.

Il en était là de ses réflexions, lorsqu'il aperçut Dodon, Jaspar et le Desrocheur qui s'introduisaient dans une maison. Les trois fouineurs avaient fait semblant de se rencontrer par hasard, s'étaient arrêtés devant une porte, puis l'avaient discrètement franchie. Les badauds qui allaient et venaient empêchaient Renaud de bien voir.

Une demi-heure s'écoula, pendant laquelle rien ne se passa. Puis on entendit le pas cadencé des sergents du Châtelet, et, au même moment, la porte de la maison d'en face s'ouvrit devant les fouineurs. Renaud se mordit la langue.

– Au voleur ! cria une voix.

Les fouineurs n'avaient plus le choix ; ils prirent le pas de course et dévalèrent la place de Grève vers la Seine.

– Au voleur ! Au voleur !

Les sergents se mirent à la poursuite des fuyards, et Renaud perdit tout le monde de vue au coin de la rue.

Les badauds s'étaient attroupés, certains couraient derrière les sergents, pour assister à la suite des événements.

Le garçon en fut bouleversé. Non qu'il aimât beaucoup les trois compères, mais, de par sa position, il était forcément du côté du voleur.

– Vous n'avez pas l'air bien ! lui dit une voix fraîche.

C'était la jeune fille, et il ne l'avait même pas vue arriver. Pour la première fois, elle lui avait adressé la parole.

– Vous êtes malade ? insista-t-elle.

Renaud fit un signe négatif. Il avait du mal à avaler sa salive. La jeune fille lui glissa une grosse pièce de huit deniers et, s'excusant d'un sourire, elle entra dans l'église, toujours suivie de son serviteur.

Renaud n'attendit pas la sortie de la messe. Il avait honte. Il avait lu de la compassion dans les yeux clairs. La jeune fille l'avait cru très malade, et sans doute très courageux de rester là, debout, dans ces conditions. Sans doute avait-elle doublé son aumône pour lui éviter de revenir, dans les courants d'air, le lendemain.

Le garçon sauta les deux marches et se mit à courir. Au plus vite, il regagnerait la cour. Là, il serait à l'abri du monde.

Il remontait la rue Saint-Denis, lorsqu'il aperçut le groupe de sergents qui encadrait les fouineurs. Il fit semblant de ne pas les connaître, les croisa calmement, puis se remit à courir.

– Chevalier ! cria-t-il du plus loin qu'il put à Thibaut qui débouchait de la ruelle.

Il arriva, tout essoufflé.

– ... les fouineurs se sont fait prendre.

– Où les as-tu vus ?

– Ils descendaient la rue Saint-Denis et se dirigeaient vers le Châtelet.

– Il n'y a pas une minute à perdre, sais-tu courir vite ?

Renaud fit un signe dubitatif, puis se résolut à dire oui.

Par un dédale de ruelles malodorantes, ils rejoignirent la Seine, puis remontèrent la rue Saint-Denis et tombèrent sur les sergents et leurs prisonniers.

– Au secours ! Au voleur ! Au meurtrier ! hurla le Chevalier.

Les sergents s'arrêtèrent, ne sachant quel parti prendre. Renaud se mit à courir, poursuivi par Thibaut qui braillait de plus belle, et disparut par une ruelle sur la droite. Deux sergents se mirent à sa poursuite ; il n'en restait plus que quatre, qui n'eurent pas le loisir de comprendre ce qui leur arrivait, et se retrouvèrent à plat ventre dans le ruisseau. Le temps qu'ils se relèvent, tout le monde avait disparu.

Les deux soldats lancés à la poursuite de Renaud n'allèrent pas loin : ils se refusaient à être menés de ruelles en arrière-cours où traînaient tous les crève-la-faim que comptait Paris, où ils seraient rapidement mis en minorité. Prudemment, ils battirent en retraite.

Renaud jeta un coup d'œil derrière lui : on ne le poursuivait plus, il pouvait s'arrêter et reprendre son souffle. Il était parvenu dans un quartier qu'il ne connaissait pas, mais, à l'odeur de poisson avarié qui envahissait la rue, il ne douta pas un instant qu'il était sur le carreau des halles.

Sur sa droite, deux hommes déchargeaient d'une charrette des caisses de poissons, et, un peu plus loin, une grosse femme pesait des harengs. L'odeur était insupportable. Le garçon tourna à droite pour traverser la halle au blé, plus accueillante. Il serait bien remonté jusqu'à la rue de la Truanderie, mais il avait peur de se faire attaquer par des bandes de gueux qui y vivaient et pouvaient le soupçonner de vouloir empiéter sur leur territoire.

Il décida donc de regagner la cour par la rue de la Chaudronnerie et la place aux Chats, où se donnaient rendez-vous les marchands ambulants. Il aimait ces rues commerçantes, où il venait souvent voir travailler les artisans. Décidément, la vie à Paris commençait à lui plaire.

– On en a quand même pour une vingtaine de livres ! triompha Dodon.

– C'est moins que nous, fit remarquer le Clerc.

– Et que moi, conclut le Chevalier.

– Vous savez... commença Archambaud, vous savez ce qu'on devrait faire ? Un concours de vol ! Le concours du plus beau vol.

Tout le monde fut d'accord, sauf Hubaldus et la Princesse dont ce n'était pas la spécialité, et bien sûr la Sorcière, qui ne se mêlait jamais au groupe. D'un commun accord, on décida d'attendre le moment propice : il fallait le temps de préparer son coup. Le Chevalier posa les conditions : pas de morts, pas de blessés, un beau vol bien propre. Chacun serait à la fois concurrent et jury, on voterait à main levée.

– Pour tout message, ajouta Dodon, passez à la tombée de la nuit au cimetière : nous serons sur les tombes de droite. Il nous faut au plus vite changer de coin.

– Attendez ! interrompit le Chevalier. Vous ne pouvez plus loger ici, c'est certain ; l'endroit est trop connu. Mais le cimetière est tout aussi dangereux.

– Vrai, approuva Jaspar. Alors, que diriez-vous du Grand-Pont ? Il y a de la place, en dessous.

– C'est humide, remarqua Dodon.

– Tu as une autre solution ? grogna le Desrocheur. Moi je suis pour le Grand-Pont.

Ils finirent par se mettre d'accord.

CHAPITRE 9

Le départ des fouineurs avait bien soulagé Renaud. Il ne les aimait guère et en avait un peu peur. Avec les autres, il se sentait beaucoup plus détendu, en sécurité. Il ne savait pas depuis combien de jours il était là, mais son village et le seigneur Vélizé lui paraissaient de très lointains souvenirs. Sa famille, c'était Thibaut et Ermangarde, Archambaud et tous les autres, qui lui tenaient lieu de parents, de frères et de sœurs. Sa maison était à ciel ouvert, mais il y était libre.

Il s'allongea, les mains derrière la nuque.

– Archambaud, dis-moi... pourquoi cet endroit s'appelle-t-il la Cour aux Étoiles ?

– Regarde, dit le Poète rêveusement, regarde au-dessus de toi : cette cour est le seul lieu que je connaisse où le ciel nous apparaisse dans toute sa pureté. Tu vois ces murs qui nous entourent ? Ils sont tous de la même hauteur, ils s'élancent d'un même élan... l'œil n'est distrait par rien : tu l'ouvres, et il est envahi d'étoiles.

Le lendemain, Renaud ne voulut pas se rendre à Saint-Jean. Il donna comme explication que huit deniers lui suffisaient bien pour quelques jours. En fait, il ne voulait pas que la jeune fille puisse penser qu'il n'avait pas compris son geste... Et puis, mendier, ce n'était pas son idéal, non ! À vrai dire, il aimait encore mieux le vol. Il passa donc la matinée dans la cour, avec la Sorcière.

Vers le milieu de la journée, Ermangarde ramena Hubaldus, qui mendiait d'ordinaire à Saint-Eustache : il se passait, autour de l'église, de drôles de choses.

– D'abord, expliqua Hubaldus, on a entendu un bruit de cavalcade et des cris.

– C'était des étudiants, précisa Ermangarde.

– C'est ça... et puis... dis-leur la suite, ma princesse, moi je n'ai pas vu.

Ermangarde rougit, peu habituée qu'elle était à parler, mais après une courte hésitation, continua :

– Les étudiants étaient poursuivis par le garde du prévôt, les sergents à la douzaine, tous les douze.

– Ils criaient « canaille ! coquins ! ruffians ! »

– Ce ne sont pas les soldats qui criaient, rectifia la fillette, mais des marchands... Alors, les étudiants sont entrés dans l'église, et les sergents ont hésité, puis ils sont entrés aussi.

– Ils n'ont pas le droit de poursuivre les voleurs dans les églises, sanctionna Hubaldus le doigt levé. Le droit d'asile, c'est sacré ! Ça risque de faire du vilain : les étudiants sont combatifs. Nous avons préféré rentrer.

Ce fut le seul événement de la journée.

Le jour suivant, Renaud prépara sa mixture habituelle avec réticence. Ce n'était pas que cela le dégoûtât, car il s'y était bien accoutumé, c'était que jouer le malade lui pesait... Tromper les grosses bigotes pleines de sous, il s'en fichait pas mal, ça lui faisait même bien plaisir, mais la jeune fille...

Il poussa un soupir et se remit à malaxer. Léthéardis le regardait faire avec approbation, pourtant l'expression qu'elle lut sur son visage lui fit froncer les sourcils. Soudain, elle le vit se lever, jeter rageusement son mortier dans le coin aux ordures, et partir d'un pas décidé. Où allait-il ? Il allait à Saint-Jean. Il allait à sa place. Il serait « vrai » cette fois. Elle lui dirait : « Vous allez mieux ! » Il répondrait : « Je suis guéri. » Elle dirait : « Pourquoi ne pas travailler, alors ? » Il répondrait... Que répondrait-il ? Qu'il ne savait rien faire ?... Il était justement en âge d'apprendre. Mais d'apprendre quoi ? Tous ses amis ne vivaient que de rapines.

Archambaud l'accosta.

– Où vas-tu ainsi ?

– À ma place.

– Sans arrangements ?

– Oui.

– Mon pauvre garçon, qui te donnera un sou ?

Renaud haussa les épaules.

– Je ne veux plus mendier.

– Que sais-tu faire d'autre ?

– Rien.
– Ah !... c'est peu...
Le silence retomba. Renaud allait repartir quand le Poète l'arrêta.
– As-tu un moment ?
– Oh ! oui...
– Je vais te montrer quelque chose !

Tout en discutant, ils avaient traversé la Seine par le Grand-Pont et arrivaient sur le parvis de Notre-Dame. La foule était fort différente de celle que Renaud avait l'habitude de croiser : ils évoluaient dans les quartiers riches. Les bourses qui pendaient aux braïels étaient si bien remplies que c'en était un plaisir de les voir. Ça mettait l'eau à la bouche.

– Tu comprends, expliquait Archambaud à voix basse, toute la journée, étrangers et gens de passage viennent admirer la galerie des rois. Ils sont un peu émus. Alors toi, tu es là, tu expliques, tu désignes Charlemagne, tu rappelles quel grand homme c'était. Avec la main gauche, tu montres, avec la droite tu coupes le fil de la bourse. Le plus difficile, c'est de trancher et de récupérer en même temps, car si tu la laisses tomber, tu es perdu !... Ensuite, il s'agit de disparaître en vitesse dans la foule. Aujourd'hui, on va seulement reconnaître les lieux, et puis tu t'exerceras à couper ma bourse : l'entraînement, il n'y a que cela de vrai... Si tu n'es pas au point, tu te fais prendre. Un bon tire-bourse doit être discret, rapide et agile. Tout est là.

La perspective de cette nouvelle activité ne souriait guère à Renaud, mais celle de mendier lui soulevait le cœur. Après tout, il pourrait peut-être essayer ? Il ne s'agissait que de prendre aux riches ; il fallait bien vivre !

– D'accord, dit-il avec réticence. Apprends-moi.

Quand Archambaud jugea son élève fin prêt, il l'accompagna jusqu'à Notre-Dame et le regarda entrer seul, avant de retourner à ses occupations.

La gorge nouée, le garçon avait pénétré dans l'église. Mentalement, il refaisait les gestes que le Poète lui avait appris. C'était certain, il était prêt. Il allait aborder ce gros homme bonasse. Il allait lui dire...

Renaud fit deux pas vers l'homme mais, au même moment, celui-ci posa sa lourde main sur sa bourse. C'était de mauvais augure. Non, décidément, il ne pourrait pas...

– Où est Pépin ?

L'homme venait de se jeter dans la gueule du loup.

– Là ! répondit l'enfant en guidant le visiteur.

Il lança un coup d'œil vif à la bourse, puis au visage rougeaud de son « client » qui lui sourit...

Un quart d'heure plus tard, Renaud était sur le parvis de l'église. Il n'avait rien dans les mains, il n'avait pas pu. L'envie de pleurer lui serra la gorge. C'était clair, il n'était pas fait pour le vol à la tire. Il valait mieux renoncer. C'était cela : renoncer, refuser fermement ce mode de vie. Peut-être pourrait-il demander à Léthéardis de lui enseigner à reconnaître les plantes qui guérissent ? Il achèterait un grand panier et parcourrait les rues en criant :

– Qui veut mes plantes ? Qui veut de bonnes plantes qui chassent la maladie ?

À cette pensée, il sourit : voilà, c'était ce qu'il fallait faire ! Tirer un trait sur sa vie de bon à rien et se prendre en charge. Définitivement. Sa résolution était inébranlable, il s'en sentait le cœur libéré.

À ce moment, les cloches carillonnèrent, appelant aux vêpres. Vêpres ! La jeune fille ! Il avait envie de la voir. Il courut vers la Seine, traversa le Grand-Pont, fila jusqu'à la place de Grève, contourna l'Hôtel de Ville... pour apercevoir le serviteur qui disparaissait dans l'église. Il l'avait ratée. Tant pis, il attendrait la sortie.

Il s'installa à sa place et, par habitude, prit un air misérable. Bien qu'il eût décidé qu'il ne mendierait plus, il jugea préférable de tendre encore la main aujourd'hui : s'il ne semblait être qu'un badaud ordinaire, la jeune fille risquait de ne pas lui adresser la parole.

– Mon fils ! dit une voix onctueuse auprès de lui.

Renaud leva la tête : un prêtre grand et sec le regardait sans aménité.

– Mon fils, tu me sembles sain ! Pourquoi

ne pas travailler au lieu de mendier ton pain ? En demandant ici l'aumône, tu en prives les vrais miséreux, les éclopés, les aveugles, les malades pour qui le travail est impossible.

Le garçon se rappela alors qu'il ne s'était pas enduit de sa sale pommade, puisque, en théorie, il partait pour voler... Et le prêtre qui le sermonnait ! Si l'homme avait pu se douter de ce que Renaud venait d'essayer, il l'aurait laissé mendier sans s'y opposer.

– Je conseille dans mes prêches, continuait l'ecclésiastique, de donner aux pauvres, aux vrais pauvres, mais pas aux fainéants...

Renaud n'écoutait plus. Appuyé au mur d'en face, le Chevalier le regardait avec un sourire amusé. Le prêtre continuait vainement son discours moralisateur, qui ne se termina qu'avec la fin des vêpres, puis entra précipitamment dans l'église. Thibaut s'approcha alors, mais s'arrêta au milieu de la place. Une jeune fille venait d'adresser la parole à Renaud, qui lui répondit comme s'il la connaissait de longue date. Ils restèrent longtemps en conversation. À deux pas, derrière, le valet qui portait son livre d'heures leur jetait des coups d'œil réprobateurs.

Thibaut regarda la jeune fille s'éloigner, puis rejoignit Renaud.

– Ravissante créature ! fit-il.

L'enfant leva la tête, et fut choqué par ce qu'il lut dans les yeux du Chevalier.

– Où habite-t-elle ?

– Je ne sais pas, répondit Renaud, méfiant.

– Attends-moi là.

Thibaut fila dans la direction qu'avait prise la jeune fille.

– Non ! cria Renaud.

Surpris, Thibaut se retourna.

– Qu'est-ce que tu as ?

L'enfant baissait la tête.

– Pas elle !

– Quoi... pas elle ?

– Vous avez toutes les femmes que vous voulez. Fichez-lui la paix.

Il rougit sous le regard amusé du Chevalier.

– Tu n'en es pas amoureux, tout de même ? s'étonna-t-il.

Le garçon haussa les épaules.

– Je n'ai que douze ans, bougonna-t-il... vous dites n'importe quoi !

Le Chevalier leva les sourcils.

– Alors explique-toi !

– Alors rien. C'est une jeune fille bien. Fichez-lui la paix !

Le Chevalier ne dit rien. Il posa la main sur l'épaule de l'enfant et murmura simplement :

– Rentrons.

CHAPITRE 10

– Vas-y encore aujourd'hui ! implora Thibaut.

– Non, répondit Renaud en se renfrognant.

Un silence retomba. L'homme et l'enfant s'étaient assis contre le mur, au fond de la cour.

– Je ne veux plus mendier, ajouta Renaud au bout d'un moment.

– Encore une fois, une seule !

– C'est à cause de la jeune fille que vous me demandez ça ?

Thibaut ne répondit pas. Il triturait un brin de paille entre ses doigts.

Renaud n'avait pas besoin de réponse. Il hocha la tête avec désespoir.

– Savez-vous ce qu'elle m'a dit hier ? Que si je voulais travailler, son père pourrait quelque chose pour moi : il a besoin de quelqu'un qui sache lire...

– Qu'as-tu répondu ?

– Peut-être...

– Vas-y ! dit le Chevalier d'une voix nette. Crois-moi, tu n'es pas fait pour le vol, pas plus que pour la mendicité.

Il jeta un coup d'œil inquisiteur sur l'enfant et ajouta :

– N'aie aucun remords, tu ne nous dois rien.

Le garçon ne répondit pas. Il avait envie de pleurer.

– ... mais avant de nous quitter, vas-y. Va encore une fois à vêpres aujourd'hui... juste aujourd'hui !

– C'est bon, soupira Renaud.

Il se leva et sortit lentement.

Quand la jeune fille arriva, Renaud était à sa place, mais il ne demandait pas l'aumône. Thibaut, les mains dans le dos, s'appuyait négligemment au mur de l'église, à trois pas de l'enfant.

– Avez-vous pris une décision ? demanda la jeune fille de sa voix chantante.

– Pas encore, répondit Renaud, mal à l'aise.

– Je comprends...

La jeune fille leva les yeux et les rabaissa aussitôt. Elle venait de rencontrer le regard du Chevalier.

Sans rien ajouter, elle pénétra dans l'église comme si elle était soudain très en retard.

Rien n'avait échappé à Renaud.

– Partons, dit-il à Thibaut. Laissons-la.

Le Chevalier avait un air bizarre, que Renaud ne lui connaissait pas. Il n'insista pas pour rester. Il prit le bras du garçon et l'entraîna lentement vers le haut de la place.

– Tu as raison, dit-il presque à voix basse. Laissons-la.

À leur arrivée, ils trouvèrent la cour en effervescence. Curieusement, c'était Hubaldus qui était le plus énervé.

– J'ai ma chance ! disait-il.

– Pas une ! protestait Archambaud. Tu y laisseras ta peau.

Ermangarde, le regard passant de l'un à l'autre, ne disait rien.

– Fiche-lui la paix ! s'interposa Guillaume. Il est assez grand pour se débrouiller tout seul, non ?

Archambaud haussa les épaules. Le Clerc était absent, la Sorcière s'occupait de ses herbes dans son coin. Le Chevalier intervint :

– Que se passe-t-il ?

– Savez-vous, commença le Poète outré, que le comte de je ne sais quoi organise une battue au cochon... pour aveugles !

– Il s'agit, interrompit Hubaldus, de taper à coups de gourdin sur le cochon. Celui qui arrive à le tuer le gagne : il emporte la bête !

– Mais, pauvre malheureux, s'énerva Archambaud, vous allez vous cogner dessus les uns les autres, vous assommer à coups de bâton ! Qu'en dites-vous, Chevalier ?

Thibaut hocha la tête.

– Je suis de ton avis... mais Hubaldus est libre. Les organisateurs de ce sinistre spectacle sont sordides. Quel amusement que de voir de malheureux aveugles lutter pour un cochon !

– Vous rendez-vous compte, reprit Hubaldus surexcité... un cochon ! Combien de jours de subsistance...

Le Chevalier haussa les épaules.

– Tu es libre, Hubaldus... Ta vie t'appartient... Mais réfléchis ! Réfléchis bien !

La conversation fut close.

– Ohé ! cria le Clerc en dévalant la ruelle.

Il arriva tout essoufflé.

– Demain, distribution d'argent... si ! Je vous dis, un homme qui a fait son testament en faveur des mendiants !

– Pourquoi cries-tu ainsi, remarqua le Chevalier, tu n'es pas concerné. Seuls ici Hubaldus, le gosse et peut-être Guillaume...

– Pour une distribution, interrompit le Clerc, j'en suis aussi.

– Allons, se moqua Guillaume. Crois-moi, tu as une tête de maraudeur, de truand ou de tire-bourse, mais pas de mendiant.

– C'est là que tu te trompes, que tu me méconnais : regarde un peu ça...

Le Clerc ferma un œil, tordit son corps et se mit à grimacer nerveusement.

– Bravo ! apprécia Archambaud, tu fais très vrai... Mais...

Comme une masse, Thierry s'était laissé tomber à terre, l'air épuisé et malade. Il eut deux ou trois hoquets, puis cracha du sang.

– Eh bien... souffla Guillaume, qu'est-ce que c'est que ce nouveau truc ?

– C'est de mon invention, pavoisa le Clerc en se relevant, un mélange unique ! Tu t'en mets dans la bouche, tu en craches un peu au bon moment... ça fait beaucoup d'effet. Vous en êtes, Chevalier ?

Thibaut secoua la tête en souriant.

– Non, je n'en suis pas. Emmenez le gosse, il a besoin d'argent. Il faut qu'il se procure des vêtements propres et prenne un bain.

Les autres se regardèrent.

– Que se passe-t-il ? s'étonna Thierry qui portait la même robe depuis des années.

– Il nous quitte.

– Non, protesta Renaud. Non ! Je n'y suis pas encore prêt. Pour l'instant, j'ai une autre idée ; avec l'argent, j'achèterai un grand panier et je me ferai marchand d'herbes.

– Tu tiens à travailler ? s'étonna Guillaume.

– Pourquoi pas ?

– Oui... pourquoi pas... Mais ce n'est pas mon genre.

La distribution pour tous les mendiants du quartier eut lieu devant le cimetière des Innocents. Chacun eut droit à un blanc de huit deniers et à un gros pain, mais la chose ne se passa pas sans heurts. La foule était telle que des sergents, le fouet à la main, étaient obligés de faire régner l'ordre, tandis que d'autres faisaient la distribution.

Guillaume avait reçu un coup de fouet en pleine figure, mais des coups de fouet à huit deniers... il en aurait bien pris un chaque jour. Quant à Ermangarde, elle était un peu affolée par la foule, et avait failli se faire piétiner. Elle se cramponnait à l'aveugle qui essayait de repérer l'endroit de la distribution. Renaud se glissa jusqu'à eux.

– Va-t'en ! dit-il à la Princesse, retourne à la cour. Je m'occupe d'Hubaldus.

La fillette ne se fit pas prier. Le visage défait, elle fendit nerveusement la foule et tomba dans les bras d'Archambaud qui observait la scène de loin. Elle était si émue que le Poète dut la ramener « chez eux » en la rassurant.

La soirée fut bruyante, dans le quartier. Les mendiants, qui s'étaient saoulés au mauvais vin, chantaient des airs qu'on avait du mal à reconnaître, et se traînaient dans les rues en titubant.

Renaud resta seul dans la cour avec Ermangarde et Hubaldus. Les autres étaient sortis. Faisaient-ils partie des fêtards ? Il était difficile de le dire. Renaud s'endormit avant leur retour. Seule, Ermangarde, les yeux grands ouverts, attendit de voir rentrer Archambaud pour se coucher. Depuis toujours, elle avait une grande tendresse pour le Poète, et n'était rassurée que lorsqu'il était dans la cour.

CHAPITRE 11

Quand Renaud passa avec son panier d'herbes sur la place de Grève, il eut la surprise de voir le Chevalier qui descendait la rue du Temple. Il marcha vers lui.

– Que faites-vous ici, Chevalier ?

Thibaut leva la tête, étonné. Il jeta un regard circulaire, puis eut pour lui-même un sourire moqueur :

– Ce que je fais là ? Je me le demande moi-même. C'est rue Saint-Martin que je voulais me rendre.

– Vous êtes distrait !

– Mais toi-même, dis-moi, pourquoi es-tu ici ? Ce n'est plus ton quartier !

Renaud rougit. Au coin de la rue de la Tixanderie, il venait d'apercevoir une robe bleue, un serviteur raide, un livre d'heures... Thibaut se taisait. Avait-il vu ? Oui...

Renaud tira le Chevalier de sa rêverie.

– Je remonte vers la rue Saint-Martin avec vous ! Venez-vous ?

– Oui...

Ils ne parlèrent pas, et se quittèrent à Saint-Jacques-de-la-Boucherie sans rien avoir trouvé à se dire. Là, Thibaut revint sur ses pas et entra dans une taverne, tandis que Renaud continuait d'un air pensif à remonter la rue.

Assis devant une cervoise, le Chevalier semblait plongé dans des pensées moroses. L'expression de son visage passait de l'agacement à la perplexité. Soudain, il dut prendre une décision, car il posa d'un geste sec deux petites pièces sur la table et sortit d'un pas décidé. Il n'avait même pas bu sa cervoise.

Il regagna la place de Grève au pas de course et s'arrêta, essoufflé, tout en bas, près de la Seine. Il dut s'appuyer à un mur pour reprendre sa respiration. Il ne savait pas encore ce qu'il allait faire. De là où il était, il ne voyait pas l'église Saint-Jean.

Au bout d'un moment, il se décida à traverser la place. Le crieur de vin venait juste de s'arrêter devant l'église.

– Monseigneur, goûtez-moi ce vin de la taverne de la Grande-Ourse !

Distraitement, Thibaut prit le gobelet qu'on lui offrait et trempa ses lèvres dans le liquide. Quand il leva la tête, il rencontra un regard bleu qui se détourna aussitôt. Il reposa lentement le gobelet et suivit des yeux la frêle silhouette qui allait disparaître au coin de la rue de la Tixanderie. Sans réfléchir, il remonta dans la même direction, en pressant un peu le pas pour ne pas la perdre de vue.

Elle allait vite, il allongea ses enjambées. Imperturbable, le serviteur marchait, à trois pas derrière elle, la cachant par moments aux yeux du Chevalier. Puis elle disparut : elle venait d'entrer dans une maison. Thibaut s'arrêta et leva la tête : il se trouvait devant une vaste demeure, cossue, élégante...

– Qui habite ici ? demanda-t-il à un passant.

– C'est la famille d'Arcys, le banquier, vous savez ?

Thibaut ne savait pas. Il contempla la maison comme pour la graver à jamais dans sa mémoire, puis revint sur ses pas. Il longea la Seine sans la voir jusqu'au Grand-Pont, et s'arrêta pour regarder d'un œil absent les pêcheurs qui jetaient leur filet entre les arches.

– Oh ! Chevalier !

Thibaut sortit de sa rêverie.

– Descendez donc ici !

Sous le pont, Dodon lui faisait signe.

Thibaut hésita un instant, puis s'exécuta.

– Qu'y a-t-il ?

– C'est à propos de votre protégé, le gosse.

– Ah ! Qu'a-t-il fait ?

– Ça, on n'en sait rien. Ce qu'on sait seulement, c'est que quelqu'un le cherche, quelqu'un qui demande après lui ici ou là, et qui finira bien par le trouver.

– Quelqu'un qui le cherche ? Quel genre ?

– Un grand chauve, habillé comme un paysan. Pas un type d'ici en tout cas !

– C'est bon, dit le Chevalier, j'en aviserai le gamin.

Quand Thibaut regagna la cour en fin de

journée, les autres étaient déjà là, et chacun mangeait ce qu'il avait réussi à gagner ou à voler dans le courant de la journée. Seul Archambaud n'avait rien : il avait joué tout son avoir aux dés, et avait tout perdu.

– Dire, expliquait-il, que j'ai mis cinq parties à me rendre compte que les dés étaient pipés !

– Tu as fait du tapage, j'espère ! s'exclama Hubaldus.

Archambaud eut un sourire rêveur.

– Je me suis incliné et j'ai dit : « Monseigneur, je rends hommage à la finesse de votre jeu. J'ai rarement rencontré aussi bon pipeur que vous. »

Le Clerc se mit à rire.

– Tu es bien un poète, va !

– Ne t'inquiète pas, j'ai les pieds sur terre. Ainsi, j'ai rencontré meilleur tricheur que moi, cela m'a servi de leçon : il faut que j'améliore ma façon.

Thibaut avait pris Renaud à part, pour lui communiquer les informations qu'il avait reçues des fouineurs.

L'enfant fronça les sourcils.

– Un paysan ?

– Vraisemblablement !... Quand je t'ai recueilli dans la forêt, d'où venais-tu ?

Bien sûr, cela devait avoir un rapport avec son passé ! Renaud pâlit. Toute la première partie de sa vie avait disparu dans un nuage de poussière, et voilà qu'elle lui revenait en pleine figure.

– Ce doit être un homme de Vélizé, murmura-t-il.

– Que te veut-il ?

– Je suis serf...

Thibaut ne dit rien. Il se caressa le menton.

– L'avez-vous vu ? s'inquiéta Renaud.

– Moi non, mais il est grand et chauve, à ce qu'il paraît.

Renaud en connaissait un, grand et chauve, le grand Jacquet, qui travaillait aux écuries de Vélizé. Serait-il devenu espion ?

– Ne t'en fais pas, rassura Thibaut, j'ai passé la fin de l'après-midi à prévenir çà et là qu'on te cherchait. Le petit monde de Paris n'a pas son pareil pour brouiller les pistes.

Renaud étendit un hareng sur sa tranche de pain de méteil[1], et y planta les dents d'un air préoccupé. Pourtant, il s'était fait une vraie fête de ce hareng. En l'achetant, il le savourait par avance, et maintenant, à cause d'un grand homme chauve, il lui trouvait un goût quelconque et, en fait, pas de goût du tout. Plus tard dans la soirée, il en vint même à se demander s'il l'avait vraiment mangé. La seule chose qu'il se rappelait, c'est que Thibaut lui avait tendu un flacon, et qu'il avait goûté une curieuse boisson dont il n'avait jamais entendu parler auparavant, et qui s'appelait... vin de vie, lui semblait-il... non ! eau-de-vie, c'était cela : Thibaut avait bien dit « eau-de-vie ».

1. Méteil : mélange de seigle et de froment.

CHAPITRE 12

Thibaut s'assit près de Renaud.

– Ne m'as-tu pas dit que tu étais serf, hier au soir ?

– C'est vrai.

– Pourquoi ta famille ne s'est-elle pas affranchie ?

– Trop cher ! soupira Renaud. Le comte demandait trop d'or pour notre liberté, mes parents n'ont jamais pu payer.

Thibaut réfléchit un instant, avant de demander :

– S'ils te prennent, que risques-tu ?

– Je serai fouetté et jeté au cachot... et peut-être même pendu. Mais ils ne m'auront pas !

Il avait lancé son affirmation avec une énergie farouche, d'un ton si convaincu que le Chevalier se tourna vers lui avec un sourire à la fois amusé et surpris.

– Tu as bien changé, Renaud, depuis que je t'ai ramené en croupe un soir de printemps. Tu étais alors comme un animal pris au piège, tu nous regardais avec défiance, j'ai même cru que tu allais t'enfuir... et puis non, tu es resté ! Tu as eu le courage de rester !

Renaud hésita, rougit.

– Non… C'est que je n'ai pas eu le courage de partir…

Un silence. Renaud était ému et fier de l'intérêt que lui portait soudain le Chevalier, et désespéré de devoir lui avouer sa faiblesse.

– Tu le regrettes ? demanda Thibaut. Je veux dire : tu regrettes d'être resté ?

– Non ! (Renaud secoua vivement la tête.) Non ! C'est seulement… c'est seulement que je ne suis pas un voleur… alors…

Il trembla que Thibaut ne se fâche, il ne voulait pas… pourquoi était-il si maladroit ? Mais Thibaut, à son grand soulagement, éclata de rire.

– Ah ! Renaud ! Que j'aime t'entendre parler ainsi ! Il est bon de savoir ce qu'on veut devenir, et surtout ce qu'on ne veut pas devenir.

Il cessa de rire, puis s'enquit plus gravement :

– Tu nous méprises ?

– Oh non ! (le cri était parti du cœur) Non ! Je sais comme la vie est difficile. Il n'y a pas de travail, et il faut bien manger. Quand on n'a pas d'autre choix…

Renaud s'arrêta. Encore une fois, il en avait trop dit !

La phrase n'avait pas échappé à Thibaut, qui poursuivit :

– … mais quand il y a une autre solution, quand la vie vous apporte sur un plateau d'argent une situation privilégiée, il n'y a aucune excuse, n'est-ce pas ? C'est cela que tu voulais dire ?

– Non ! protesta Renaud au désespoir.

– Si ! Ne sois pas gêné, tu as raison. Allons ! cesse de faire cette tête : tu as raison, je te le dis. Moi, je n'ai jamais réussi à vivre comme tout le monde. On m'a donné la richesse, et j'ai préféré chercher ailleurs mon bonheur, dans la vie de bohème.

Renaud jeta à Thibaut un regard affectueux et reconnaissant, et murmura presque involontairement :

– L'avez-vous trouvé ?

– Quoi donc ?

– Le bonheur !

Le Chevalier rit doucement en hochant la tête :

– Dis-moi d'abord ce qu'est le bonheur, et je te dirai si je l'ai trouvé !

Renaud haussa les sourcils d'un air dubitatif.

– Je ne sais pas... Je crois qu'il faut le trouver d'abord pour savoir ce qu'il était et où il était.

La nuit n'était pas encore tombée. On était aux plus longs jours de l'année et, dans l'air chaud de la cour, l'odeur des détritus se faisait plus écœurante. On entendit un bruit de cavalcade sur les pavés de la rue, puis les trois fouineurs débouchèrent de la ruelle en courant, Dodon, plus sale que jamais, en tête.

On leva les yeux, on fit un mouvement vers les nouveaux arrivés.

– Ça y est ! souffla Dodon, c'est pour cette nuit !

– Le concours de maraude ! continua Jaspar. On a assisté à l'organisation de la garde de nuit. Sur les soixante bourgeois qui doivent participer au guet, quarante-huit se sont discrètement fait dispenser par le contrôleur : reste que le guet assis n'est que de douze hommes. Naturellement, il y a la Garde Royale. Tout le monde connaît son trajet ? Ses heures de passage ? – Un silence – ... Alors ça va !

– Bien ! (Le Chevalier prit les choses en main.) Nous sommes tous d'accord ?

Quelques hochements de tête, quelques grognements d'approbation. On partirait donc ce soir à l'aventure.

Renaud ne participant pas à l'opération, il décida de rester dans la cour en compagnie d'Ermangarde, d'Hubaldus et de Léthéardis. Les autres, les concurrents, remontèrent ensemble jusqu'à la rue Saint-Denis, avant de se séparer à la nuit tombante.

Guillaume prit par les ruelles pour gagner la Seine. Il avait sa petite idée. Jusqu'à présent, il n'avait pas osé la mettre à exécution, mais, cette fois, il fallait tenter la chance. Le problème était que l'opération demanderait du temps.

Arrivé au fleuve, il longea la berge vers la gauche jusqu'à hauteur de l'île Notre-Dame, et sauta sur une vieille barge qui était amarrée là depuis des années, et semblait déserte.

– Ho ! fit-il à voix basse. Le Vachier !

– Ah ! c'est toi !... Ça va, vous autres, c'est un ami !

Derrière le Vachier, on se releva, on ôta le foin de ses vêtements... Une dizaine d'hommes au moins logeaient sur le bateau.

Guillaume fit un pas en avant.

– Je peux avoir mon équipage ?

– Il est là.

On réveilla le vieux cheval qui dormait à l'avant et on lui fit franchir la passerelle au bout de laquelle attendait une charrette. Guillaume attela, puis il graissa soigneusement les roues du véhicule avant d'enrouler tout autour de longues bandes de tissu, pendant que le Vachier s'appliquait à envelopper les sabots du cheval dans des chiffons.

Quand ce fut fait, les hommes se serrèrent la main sans rien dire, et Guillaume s'éloigna, tenant le cheval par la bride. On n'entendait qu'un grincement de roues à peine perceptible : Guillaume pouvait être fier de son travail.

Il redescendit la Seine et se dirigea vers l'Hôtel de Ville. À l'heure qu'il était, la première ronde avait eu lieu depuis un bon moment. Il n'aurait pas le temps d'accomplir sa besogne avant la deuxième, sans doute était-il préférable de remettre un peu l'opération. Il cacha la charrette au fond d'un cul-de-sac et attendit.

Pendant ce temps, les trois fouineurs rasaient les murs. Les rues étaient désertes, et les pas des soldats de la garde résonneraient bien avant qu'ils n'arrivent. Quant aux douze échevins du guet assis, ils se faisaient précéder d'un tintamarre, pour avertir de leur passage et éviter ainsi d'avoir à courir après les voleurs. Il n'y avait donc rien à craindre. L'un derrière l'autre, les trois compères filèrent vers l'Hôtel-Dieu et disparurent dans les ruelles sombres.

Dès que les sergents de la garde eurent dépassé l'Hôtel de Ville, et se furent éloignés vers la rue du Temple, Guillaume tira le cheval par la bride, un cheval qu'il avait volé une semaine auparavant, en prévision… Il faut dire que l'affaire était tentante : l'animal n'avait même pas été attaché, son propriétaire l'ayant sans doute jugé trop âgé pour attirer un voleur. Le propriétaire avait mal jugé. Le joueur de viole avait justement besoin d'un vieux cheval calme, qui ne se mettrait pas à piaffer ou à hennir au mauvais moment.

Guillaume gratta son menton rugueux. On ne pouvait pas dire qu'il portait la barbe, mais il aurait été tout aussi inexact de prétendre qu'il se rasait ; Guillaume était de ce type d'homme indéfinissable : ni jeune, ni vieux, ni beau, ni laid mais plutôt sale, un homme quelconque. Ses yeux, pourtant, étaient d'un bleu pervenche qui pouvait frapper, si leur beauté n'eut été voilée par des paupières épaisses et toujours à demi fermées.

Guillaume jeta un coup d'œil de chaque côté de la rue. Tout était calme. Il tira son cheval silencieux le long des murs. Il était fou d'avoir pris tout cet attelage, mais comment faire autrement ? Il y avait trop longtemps que le contenu des greniers à blé de l'Hôtel de Ville le narguait. Il arrêta son cheval. En grimpant sur la charrette, ce serait facile pour lui de se hisser jusqu'à une ouverture.

Thierry s'énerva. Il passa sa main sur sa tonsure, ce qui, disait-il, lui portait chance. Il avait un mal de chien avec cette porte, dont il n'arrivait pas à faire jouer la serrure. Pourtant, le crochet appartenait à Archambaud, et Archambaud était le roi des crocheteurs. Sans doute l'outil était-il insuffisant : seul le doigté comptait vraiment. Enfin, avec un bruit sec, quelque chose céda. Le Clerc disparut par l'entrebâillure de la porte qu'il referma prestement derrière lui. L'excitation le faisait trembler. Le vol lui avait toujours fait une impression considérable. Il se sentait plein de courage, tout en étant sans cesse tenaillé par l'envie de fuir. Il connaissait bien la taverne où il venait de pénétrer. Vingt fois, il y était entré, avait compté les pas de la porte à la première table, à la deuxième, de la porte aux magnifiques plats d'étain qui l'attendaient. À tâtons, il les saisit un à un et les empila sous sa robe, avec toute la douceur voulue pour qu'ils ne s'entrechoquent pas. C'était fait. Il ressortit aussi discrètement qu'il était entré, tira la porte derrière lui, sans toutefois la fermer, ce qui aurait pu faire du bruit. Son ombre disparut dans l'obscurité de la ruelle.

Archambaud rejeta ses longs cheveux bruns en arrière, et contempla aux rayons de la lune le crochet que Dammartin, l'orfèvre, lui avait confectionné. Il le fit jouer entre ses doigts, le fit balancer sur son index, le fit tourner autour du majeur, le lança pour le rattraper de la main gauche... C'est que cet instrument était neuf, et un instrument neuf n'a pas d'âme, il faut lui en donner une.

Archambaud détestait changer d'outil, il avait l'impression de trahir les anciens, ceux qui l'avaient maintes fois aidé... Ses vieux outils étaient bien faits à la main, et c'est pour cela qu'il les avait prêtés au Clerc, qui était maladroit de nature.

Archambaud fronça les sourcils. Ses yeux noirs prirent un éclat soudain, et son fin visage se tendit. La patrouille de garde passait, deux rues plus loin ; il devait donc être plus de minuit.

Le Poète enfouit son crochet dans son gilet, et, agile comme un chat, il glissa sur le pavé, se confondant bientôt avec la nuit.

Thibaut ne se cacha pas, ne rasa pas les

murs. Ce n'était pas son genre. Il aimait qu'on le regarde en face. Il était tout le contraire du rôdeur.

Ce soir, il se rendrait à la taverne de la Licorne. Le gros Beffine y serait, le visage luisant de sueur, attablé devant son vin. Il ferait sonner le pichet d'étain sur la table, discrètement, d'un air rêveur, mais nul ne s'y tromperait : ce serait pour rappeler sa présence, que chacun sache qu'il était là, et que ceux qui étaient prêts à régler leurs dettes pouvaient se présenter. Beffine était, dans tous les sens du terme, le plus gros usurier de ce côté-ci de la Seine, et il avait fort à faire. Sur la rive droite, on jouait beaucoup, on perdait beaucoup, et on avait rarement assez d'argent pour manger chaque jour... Alors, on allait voir Beffine, qui vous recevait sans rien demander, avec un petit sourire engageant. Il vous rassurait : bien sûr, que tout le monde empruntait, bien sûr, que vous pourriez bientôt lui rendre l'argent, bien sûr, que son taux était élevé, mais il fallait vivre !

Ensuite, il venait à la taverne, et fixait sur vous ses petits yeux cruels. Il ne disait rien ; il faisait seulement sonner son pichet sur la table, et ce petit bruit serrait le cœur de ses débiteurs.

Le Chevalier lui avait maintes fois demandé de l'argent, dans les moments difficiles. Souvent, il avait payé ses dettes quand les temps se faisaient meilleurs, mais depuis un an ses créances couraient. Les vingt livres empruntées étaient devenues, par le jeu des intérêts, quarante, puis soixante livres... Et ça grimpait toujours. Thibaut aurait pu les rembourser depuis longtemps, et l'aurait fait s'il n'avait appris, depuis son dernier emprunt, que Beffine terrorisait ses petits débiteurs, leur faisant goûter à la prison sans indulgence. Le jour où la petite Marion s'était jetée dans la Seine de désespoir, le Chevalier avait décidé de ne plus rien rembourser. Il sentait de jour en jour les yeux de Beffine plus menaçants. Le temps n'était plus loin où il tâterait lui aussi du cachot.

Thibaut entra dans la taverne comme chez lui, rendit de la main les saluts, et commanda une cervoise.

– Beffine ! s'écria-t-il joyeusement en faisant l'étonné de trouver là l'usurier.

Il prit sa cervoise et alla s'asseoir en face de l'homme. Beffine eut un mouvement surpris : en général, on ne s'imposait pas aussi bruyamment à sa table. On y venait avec la plus grande discrétion et on ne s'asseyait que sur le bout des fesses.

– Beffine, mon ami, soyez heureux ! (Le Chevalier baissa la voix pour ajouter :) J'ai vos quatre-vingts livres !

Beffine cligna des yeux. Il savait que le Chevalier ne lui en devait que soixante-huit, mais il se garda bien d'en rien dire. La perspective d'empocher douze livres de plus le détendit.

– Tavernier ! cria Thibaut en se retournant, un pichet pour messire Beffine.

L'usurier tenta un geste de refus, qu'il transforma très vite en geste de remerciement. Ses yeux s'étaient ouverts un peu plus qu'à l'accoutumée.

– Comment va votre fille, messire Beffine ? continua Thibaut.

Il savait parfaitement que Witberga était mariée depuis un mois : son père lui avait fait épouser un marchand de drap très à son aise, qui acceptait la fille presque sans dot.

– Ah ! Elle est mariée ! s'exclama-t-il tout de même, et avec qui ?... Ah ! Bien ! beau mariage ! Trinquons à cette heureuse nouvelle !

Ils trinquèrent. Ils trinquèrent aux bonnes affaires, à l'été, au roi, à l'argent qui rentrerait. Ils se plaignirent de la cherté de la vie et burent pour oublier les taxes qui les étranglaient, les impôts qui les ruinaient. Puis ils burent aux belles filles et au vin généreux, puis ils ne burent plus à rien, car Beffine tombait de sommeil sur la table.

– Messire Beffine ! souffla le Chevalier en secouant l'usurier, la taverne va fermer, il est temps de rentrer !

– Hum...

Thibaut n'était pas ivre : à chaque fois qu'il trinquait, il prenait bien soin de ne boire qu'une petite gorgée, mais l'autre était bel et bien imbibé d'alcool.

Soudain, Beffine releva la tête : il tenait mieux le vin que Thibaut ne le supposait.

– Ta créance, bégaya-t-il... ton argent, donne-le.

Le Chevalier se rassit et, se penchant vers l'usurier, lui dit à l'oreille :

– Ici ? Vous n'y pensez pas ! Regardez autour de vous !

Beffine tourna péniblement la tête.

– Qu'y a-t-il ?

– Vous ne voyez pas leurs yeux ? continua Thibaut sur le même ton, leurs yeux vous guettent... S'ils vous sautaient tous dessus...

À cette heure, dans la taverne, les visages n'étaient effectivement pas rassurants. Le vin donnait du courage, de l'insolence... Beffine s'inquiéta :

– Ramenez-moi, Chevalier, voulez-vous ? Vous me donnerez l'argent chez moi. Jamais je n'aurais pensé qu'il était aussi tard !

Thibaut soutint Beffine jusqu'à sa porte.

– Merci, ça ira, vous pouvez me laisser là.

– Vous donner l'argent dans la rue ? Vous n'y pensez pas !

– Oui... non... alors entrons...

Thibaut l'aida à glisser la clé dans la serrure, et ils pénétrèrent dans la maison.

La lueur de la chandelle que Beffine venait d'allumer éclairait faiblement l'entrée.

– Donnez ! dit-il d'une voix pâteuse en tendant la main.

Thibaut, qui faisait sonner quelques pièces dans sa main, protesta :

– Vous entendez les pièces, je veux voir ma créance ; non que je n'aie pas confiance en vous, messire Beffine, mais je voudrais m'assurer que vous l'avez bien toujours. Il aurait pu vous arriver de la revendre par inadvertance à quelque autre prêteur !

– Allons ! protesta Beffine.

– Il vaut mieux voir.

Beffine eut un geste découragé, puis se traîna lourdement jusqu'à sa chambre. Le couloir dégageait une odeur de renfermé, de suif et de vieux papiers qui empêchait de respirer. Dans la chambre, c'était plus supportable. Thibaut observait l'usurier qui ouvrait lentement son coffre pour en sortir un énorme paquet de reconnaissances de dettes. L'esprit brumeux, il les feuilleta une à une, à la recherche de celle du Chevalier.

Thibaut passa derrière lui et regarda pardessus son épaule, puis il défit son foulard et, d'un coup sec, en ferma la bouche de l'usurier. En un clin d'œil, il l'avait ficelé et jeté sur le lit, puis il ramassa toutes les créances et se dirigea vers la porte. L'autre roulait des yeux furieux et affolés. Thibaut, souriant, salua de la main et sortit.

CHAPITRE 13

Ce matin-là, dans le quartier, on distribua des créances comme on distribue le denier des mendiants au jour de l'assemblée des pèlerins de Saint-Jacques. On fit un grand feu dans la cour, où chacun eut le droit de venir brûler ce papier si cher et objet de tant d'angoisses.

– Plus de papier, plus de dettes ! disait Thibaut.

Archambaud, qui venait de rentrer, refusa de rendre compte de son activité avant que tout le monde ne soit rassemblé. Le Clerc, Guillaume et les trois fouineurs n'avaient toujours pas reparu. Le Chevalier décida donc vers midi que le mieux serait de remettre le vote désignant le gagnant du concours au soir, quand tous seraient rentrés.

Quand Thibaut sortit en milieu d'après-midi, Renaud eut des soupçons. Ne se dirigeait-il pas vers la place de Grève ? Le garçon prit son panier d'herbes et le suivit. Thibaut ne se retourna pas. Il descendit la rue Saint-Denis et longea la Seine vers... bien sûr, c'était cela !

Arrivé place de Grève, Renaud eut un peu honte du rôle qu'il jouait. Qu'avait-il, à espionner le Chevalier ? En quoi ses affaires le regardaient-elles ? Il ferait mieux de s'en aller. Il s'insultait et se disait bien quelle piètre opinion il avait de lui-même, mais sans pour autant faire le moindre geste pour s'en retourner, ni même pour quitter des yeux le Chevalier.

La veille, déjà, il avait surpris le manège de Thibaut, et l'avant-veille aussi. Il se doutait bien que ce serait pareil cette fois-ci : le Chevalier attendrait la fin des vêpres, et suivrait la jeune fille jusque chez elle.

Les cloches… les fidèles sortaient… Thibaut ne se cachait pas. Il regardait l'église bien en face, guettant l'apparition de la jeune fille.

De là où il était, Renaud ne voyait pas très bien. Il distinguait parfaitement les personnes, mais était incapable d'apercevoir l'expression de leur visage. Là… il lui avait semblé que la jeune fille avait baissé la tête en sortant de l'église. Elle remonta vers la porte Baudoyer, toujours suivie du serviteur, et le Chevalier lui emboîta le pas. Elle ne se retourna pas. Elle ne se retournait jamais. Pourtant, elle devait entendre ce pas, chaque jour, derrière elle.

Renaud suivait de loin. Mais… le Chevalier emprunta une ruelle sur sa gauche, laissant la jeune fille continuer tout droit. C'était la première fois !

L'enfant se mit à courir et s'enfila à son tour dans la ruelle. Aïe ! le Chevalier était là, tranquillement.

– Je t'attendais, dit-il.

Renaud rougit jusqu'à la racine des cheveux. Lui qui croyait être passé inaperçu ! Mais Thibaut ne le plaisanta pas, ne lui fit aucune remontrance. Il dit simplement :

– Viens vite !

Et ils se mirent à courir dans les étroits couloirs qui séparaient les maisons, prenant à droite, à gauche, puis encore à droite, et ils débouchèrent enfin tout en haut de la rue de la Verrerie.

– Pose ton panier ! demanda Thibaut. Non ! là, bien au milieu du passage, et mets-toi de ce côté-ci.

Thibaut resta debout en face de l'enfant, de l'autre côté du panier ; il était évident qu'à eux trois ils bouchaient toute la rue.

On entendit les pas de la jeune fille et du serviteur. Les deux compères ne tournèrent pas la tête. Thibaut semblait ne se préoccuper que de Renaud.

– Alors ! Comment se porte ton commerce d'herbes ?

– Ça va ! balbutia l'enfant.

– Ça irait mieux si tu ne perdais pas le plus clair de ton temps à me suivre, n'est-ce pas ?

Renaud rougit une nouvelle fois.

– Je ne t'en veux pas. Maintenant, tu sais ce que tu voulais savoir, non ?

Le garçon baissait la tête. Le Chevalier prit un air grave et murmura :

– Ne t'en fais pas. Je ne lui ferai pas de mal… plutôt me couper les deux mains.

L'enfant leva les yeux. Son ami semblait sincère, et sérieux, ce qui était rare.

– Pardon ! dit une voix douce.

Thibaut s'écarta d'un bond et la jeune fille passa. Sans un mot, le Chevalier la regarda s'éloigner, puis, quand elle eut disparu au coin de sa rue, il murmura :

– Elle n'a même pas levé la tête !

Le soir, Thibaut ne dit pas un mot de la jeune fille. Cela n'échappa nullement à Renaud, qui en fut réconforté. La fin du jour avait rassemblé tout le petit monde de la Cour aux Étoiles.

– ... et je rapporte quatre plats d'étain, finissait Thierry.

On se passa les plats, on les soupesa, on évalua les prix. Renaud, qui avait refusé de prendre part au concours, présidait l'assemblée.

– Guillaume, toi !

– Je ne sais pas raconter, s'excusa le joueur de viole, mais regardez !

Il sortit de ses poches des poignées de pièces qu'il lâcha sur le sol. Les pièces roulèrent de-ci, de-là. Chacun en ramassa au passage, pour en évaluer le poids et la valeur.

– Voilà, conclut Guillaume. J'ai soulagé d'une bonne moitié la réserve de farine de l'Hôtel de Ville et... (il cligna de l'œil) j'ai tout revendu dans la matinée aux boulangers, en me faisant passer pour un meunier de campagne.

À ce seul souvenir, il se tapa bruyamment sur la cuisse et éclata d'un rire tonitruant.

– Une tournée pour Guillaume ! proposa Thibaut.

Le vin coula dans les chopines. On riait, on discutait, on commentait chaque « affaire ». On avait beaucoup bu.

– Archambaud ! raconte-nous !

– Archambaud ! Archambaud ! Archambaud ! scandèrent quelques voix avinées.

– Eh bien, commença le Poète sans se faire prier davantage, quand je vous quittai hier soir, je n'avais pas de projet. Je n'avais en poche que mon crochet.

– ... Ce qui en soi est un projet ! commenta le Clerc.

– Allons ! Si vous m'interrompez, je n'en sortirai pas... Donc, je restai là, un moment, à guetter la nuit. Alors je me rappelai les soirées de mon enfance, les heures que je passais à la recherche des étoiles, et le souvenir de ces nuits fut brusquement associé dans mon esprit à la sensation de faim qui me tenaillait à ces moments-là. Il faut dire que nous étions quinze enfants, et que mon père passait plus de temps à boire son argent qu'à le gagner. Le soir, on nous couchait tôt, prétextant qu'un bon sommeil fait taire la faim. La faim... Voilà que je la sentais au creux de mon estomac, et brusquement, je revis le curé de ma paroisse qui disait : « Il est bon de jeûner, de mortifier son corps pour le laver de ses péchés. »... Et moi, pauvre crédule, quand je n'avais rien dans l'estomac, je croyais que c'était de par la volonté de Dieu.

« Or, figurez-vous qu'un jour, j'avais peut-être alors une dizaine d'années, j'étais allé au presbytère pour demander qu'on vienne baptiser mon nouveau petit frère, et quand je suis arrivé, le curé était à table... une table, mes enfants ! Deux poulardes bien grasses, du pain de froment, un pâté de lièvre, une soupe au lard, des œufs de cane. Je n'ai même pas dit pourquoi j'étais venu, et je suis reparti tout pantelant.

« Voilà ce à quoi je songeais, hier soir, en marchant dans la nuit. Alors donc je longe les rues, je flâne, et quand je sors de mes pensées, je m'aperçois que je suis en face du couvent des Augustins. J'y vois un signe du ciel et je sors mon crochet.

« Voilà... j'ai pensé qu'un peu de pauvreté ne leur ferait pas de mal, à ces bons moines ! »

Disant ces mots, Archambaud avait tiré au centre du cercle un coffret de pièces d'or.

Ce fut la joie. On le félicita et on fêta gaiement le jeûne forcé des moines augustins, et la subsistance de pauvres bougres assurée pour bien des jours.

– Nous avons eu le même genre d'idée ! s'esclaffa Jaspar.

Les rires s'arrêtèrent peu à peu, et on se tourna vers le trio hirsute des fouineurs.

– Qu'avez-vous fait ? demanda Renaud.

– Nous n'avons pas cambriolé de couvent,

mais nous nous sommes approprié tout le contenu du tronc de l'Hôtel-Dieu (les trois compères pouffèrent), vous savez, celui qui est sous la statue de la Vierge ! Le plus plein, quoi ! Et il allait être relevé demain !

Les fouineurs riaient maintenant à gorge déployée, imités par Guillaume et Thierry. Dans son coin la Sorcière gloussait, mais on n'aurait pas pu dire si c'était de joie.

Thibaut ne riait pas. Il calma les éclats, de la main, et dit :

– Je n'estime pas que ce soit un vol digne du concours. Il s'agissait, et il me semble que c'était clair, de prendre l'argent là où il y en a trop, et non pas dans des œuvres de charité qui ont bien du mal à nourrir des malades encore plus pauvres que vous. Combien avez-vous eu ?

– Trente monnaies d'or, quatre mille huit cents blancs d'argent et trois cents petits blancs…

– Cette nuit, reprit Thibaut, vous allez les remettre à leur place.

– Comment cela ! (La colère s'alluma dans les yeux de Dodon.)

Jaspar mit sa main sur le sac d'argent en déclarant sèchement :

– Nous n'avons d'ordres à recevoir de personne.

Le Desrocheur n'ouvrit pas la bouche. Il avait croisé les bras, dans une attitude inébranlable, qui disait clairement son parfait accord avec les deux autres.

Le Chevalier ne sourcilla pas. D'un ton net, il reprit :

– Vous le rendrez. Peut-être ne suis-je pas autorisé à vous donner des ordres, toutefois je suis libre de ne vous assurer ma protection que si j'estime que vous en êtes dignes.

– Des menaces ? gronda Dodon.

– Un simple avertissement. Si vous ne rendez pas l'argent, je ne ferai rien contre vous, mais je ne ferai rien pour vous non plus.

– Nous n'avons pas besoin de tes services. Te prends-tu pour le roi des gueux ? Justement, nous détestons les rois !

– Qui es-tu, renchérit Jaspar, pour faire de la morale ? Un homme fort honnête, sans doute (le trio éclata de rire).

Encouragé, Jaspar continua :

– Ne serais-tu pas plutôt l'un de ceux que le prévôt appelle : « inutiles au monde » ?

Le Chevalier ne répondit pas. Tous les autres étaient de son côté. Les trois fouineurs qui ricanaient furent plus gênés de son silence qu'ils ne l'auraient été de ses protestations. Ce fut Archambaud qui répondit lentement :

– Ces trois-là ne comprendront jamais la différence entre un voleur et une crapule.

Dodon ramassa le sac d'un air furieux, mais Jaspar le calma en lui posant la main sur l'épaule, et fit signe à ses deux compagnons qu'il quittait cette bande de malades.

– Adieu, honnêtes gens ! ironisa-t-il en s'engouffrant dans la ruelle.

Le bruit des pas s'était depuis longtemps éteint dans la nuit, que personne ne parlait. On regardait le feu craquer au milieu de la cour. Les yeux rêveurs, Archambaud remarqua :

– Il y a longtemps que cet abcès devait être vidé.

– Moi, je respire, ajouta Hubaldus. Ces trois-là me faisaient un peu peur.

Ermangarde sortit de sa réserve habituelle pour murmurer :

– Vous vous êtes fait trois ennemis, Chevalier, mais vous avez eu raison.

Le regard de Renaud rencontra les yeux noirs de la Princesse et, en un instant, il comprit que, malgré son silence habituel, rien n'échappait à la fillette, et qu'elle jugeait de tout avec intelligence. Il avait souvent eu cette impression sans arriver à la préciser. La fillette n'était pas de leur monde de gueux. C'était vraiment une princesse.

CHAPITRE 14

On en avait oublié de désigner le vainqueur du concours ; mais cela n'avait plus d'importance. La vie reprit son cours. Juin ! C'était la meilleure saison pour les gueux : ils ne souffraient pas du froid, et pas trop de la faim non plus, car tout le monde, en ces beaux jours, vivait dehors, et il ne manquait pas de bourses à couper. On ne pensait pas encore à l'hiver, qui suivrait inéluctablement. D'ailleurs, verrait-on l'hiver ?

Renaud n'accompagnait plus le Chevalier dans ses visites place de Grève, mais il était clair que celles-ci ne donnaient guère de résultat, car Thibaut semblait moins heureux et moins insouciant qu'autrefois, encore qu'il prît bien garde de n'en rien laisser paraître.

Enfin vint la période de la foire du Lendit. C'était une fête à ne pas manquer pour tous les tire-bourses qui voyaient là l'occasion de se faire un peu d'argent assez facilement. Les gens des tribunaux le savaient si bien qu'invariablement, ils faisaient pendre quelques condamnés pendant la foire, pour servir d'exemple et impressionner les candidats au vol. Mais cela ne les impressionnait pas, car ils évitaient d'y penser. Bien sûr, il était à peu près certain qu'ils ne mourraient pas dans leur lit, mais valait-il mieux crever de faim que pendu à un gibet ?

Outre la foire, qui se tenait à mi-chemin entre Paris et Saint-Denis, il ne fallait pas non plus négliger l'intérêt de la procession : partant de Notre-Dame, elle emmenait, jusqu'à la plaine Saint-Denis, l'évêque qui devait bénir les marchands avant le début des transactions.

Les processions ! Quelles magnifiques occasions pour les voleurs débutants ! Rien n'est plus distrait des choses de ce monde que le fidèle perdu dans ses prières... À condition de bien le choisir : d'emblée, il faut éliminer ceux qui regardent à gauche et à droite, ceux qui sont accompagnés de jeunes enfants, les femmes qui veillent au pli de leur robe. Bref, il ne faut choisir que les vrais fidèles, ceux qui sont là pour prier.

– Viens-tu avec nous, Hubaldus ?

– Oh non !

Renaud, qui commençait à monter la ruelle, s'arrêta net.

– Pourquoi ?

L'aveugle fit un geste vague.

– N'as-tu pas envie de venir, ou t'y refuses-tu absolument ?

Hubaldus ne répondit pas directement à la question. Il posa la main sur l'épaule d'Ermangarde et dit :

– Sais-tu quel est mon âge ?

Renaud secoua la tête : non, il ne s'était jamais posé la question.

– ... Moi non plus d'ailleurs... mais je penche pour une soixantaine d'années. Alors, je suis bien comme cela.

Renaud plissa le front, et finit par avouer :

– Je n'ai pas bien compris les raisons...

Ermangarde sourit ; le vieillard hocha la tête.

– Tu sais bien pourtant que dans leurs processions, ils emportent souvent des statues de saints, ou même des reliques, des tas de choses qui peuvent vous guérir si vous les regardez !

L'expression de Renaud en disait long sur sa totale incompréhension, et son désarroi obligea Hubaldus à continuer :

– ... Vois-tu, à mon âge, si je recouvrais la vue, qu'est-ce que je deviendrais ? Je n'aurais plus aucune raison pour mendier, et je ne sais rien faire d'autre ! Non, crois-moi, pas d'église, pas de procession !

Le cortège avait quitté Notre-Dame en bon ordre, mais au passage du pont, la foule qui s'y joignait de plus en plus nombreuse commença à défaire les rangs bien formés, et c'est une masse compacte qui remonta la rue Saint-Denis.

La chaleur était déjà étouffante. Renaud sentait la sueur couler le long de son dos, et ses mains glissantes avaient du mal à tenir le panier d'herbes. Il avait perdu de vue Archambaud, Thierry-le-Clerc et Guillaume, sans doute occupés à séparer quelques bourses de leur braïel, et suivait Thibaut qui venait de se joindre au cortège.

Le Chevalier était toujours habillé avec une certaine élégance, mais pour la première fois, Renaud s'apercevait aujourd'hui qu'il possédait une réelle séduction, et entrevit la raison pour laquelle il plaisait tant aux femmes.

Soudain, l'enfant le vit fendre la foule vers l'avant, et s'arrêter un peu plus haut, au milieu du cortège. Et il comprit... Il comprit qui était la jeune fille près de laquelle marchait le Chevalier. Thibaut ne se tourna pas vers elle. Il se tenait à sa hauteur, son bras touchant presque le sien. Derrière, Renaud observait la scène ; il allait se passer quelque chose, il le sentait. De l'autre côté de la jeune fille, se tenait une femme qui était vraisemblablement sa suivante. Renaud regardait tour à tour Thibaut et les deux femmes. La procession allait avec une lenteur qui rendait de plus en plus pénible la chaleur de ce soleil impitoyable, et la jeune fille était toute pâle. Renaud s'essuya le front d'un revers de manche. Cette procession devenait un vrai supplice, on y gagnerait sûrement sa part de paradis !

– J'ai soif ! pleurnicha un enfant à ses côtés, en tirant sa mère par la jupe.

La mère lui sourit.

– J'ai soif ! recommença le bambin plus fort.

La mère se pencha vers lui, sans doute pour murmurer une promesse, mais l'enfant ne voulait rien savoir.

– J'ai soif ! cria-t-il.

La femme le prit par la main et quitta la procession d'un air mécontent.

Maintenant, Renaud voyait mieux les cheveux clairs de Thibaut, tout près du voile bleu qui cachait la blondeur de la jeune fille. Celle-ci n'avait pas bougé la tête, s'appliquant à regarder droit devant elle. Renaud ne distinguait que son fin profil. Qu'elle était belle ! Belle... mais si pâle ! Que lui arrivait-il ? Elle dont les yeux étaient d'ordinaire si gais, et le visage espiègle... Elle était devenue livide... Mon Dieu ! Elle se sentait mal ! Quand elle tituba, le Chevalier la retint par la taille.

Une seconde plus tard, Thibaut l'avait soulevée dans ses bras : elle était sans connaissance.

Renaud joua des coudes pour se frayer un passage à travers la foule et se rapprocher d'eux, mais il n'arriva à leur place que pour s'apercevoir que Thibaut venait de quitter la procession et, portant toujours la jeune fille, pénétrait dans une hostellerie, vingt pas plus bas. Derrière lui, la servante affolée faisait de grands gestes.

Renaud se précipita à leur suite. Thibaut était en train de monter l'escalier, précédé de l'hôtelier qui rassurait :

– Ce n'est rien, rien qu'un malaise dû à la chaleur, croyez-moi !

La suivante gémissait :

– Oh ! ma maîtresse ! Oh ! ma maîtresse !

– Arrêtez ! fit nerveusement Thibaut. Calmez-vous, voyons !

La suivante s'essuya les yeux, puis se mit à tapoter les joues de la jeune fille, que Thibaut venait de déposer sur un lit haut. Le Chevalier l'écarta d'un geste impatient. Renaud remarqua alors qu'il n'était pas bien du tout ; son visage était blême, ses yeux inquiets. Il s'assit doucement auprès de la jeune fille et lui prit la main.

– Monsieur ! intervint la servante, outrée.

Le Chevalier lui lança un regard qui la fit rentrer sous terre. Elle n'osa plus rien dire et sortit en courant, pour revenir quelques secondes plus tard avec un flacon de parfum dont elle inonda un mouchoir de dentelle.

La jeune fille était pâle comme la mort. Respirait-elle encore ? On n'aurait pu le dire. Renaud n'osait pas s'approcher, et guettait anxieusement le moindre mouvement, le moindre souffle qui aurait pu le rassurer sur l'état de la malade.

Thibaut avait enfermé la frêle petite main entre les deux siennes, nerveuses et bronzées. Il ne quittait pas des yeux le visage exsangue. La servante se tenait maintenant en retrait, le regard réprobateur, mais sans dire un mot. Rien ne bougeait plus. On n'entendait pas le moindre souffle dans la pièce.

Ce ne fut qu'au bout d'un long moment que

Renaud s'aperçut que la malade avait ouvert les yeux. Elle n'avait pas retiré sa main et laissait le regard bleu du Chevalier se refléter dans le sien.

Renaud n'avait jamais vu autant de monde. Dieu sait pourtant qu'il était habitué à la foule de Paris, aux bousculades dans des ruelles à peine assez larges pour laisser passer une charrette, aux petites places surpeuplées... Mais là, vraiment, c'était une vraie foule de jour de foire. Des marchands étaient venus de pays voisins, et on ne parlait partout qu'avec un fort accent étranger.

À côté du marchand de bois, de vin ou de drap, les vendeurs d'épices interpellaient les badauds pour leur faire humer safran ou cannelle. Renaud devait faire très attention à ne pas se trouver trop près de l'étal d'un de ces épiciers, sous peine de se faire injurier ou repousser : son petit commerce d'herbes risquait de faire concurrence. Pourtant, l'enfant précisait bien qu'il ne vendait que des plantes médicinales, mais l'ail, le romarin et le thym n'étaient-ils pas également aromatiques ? On le priait donc avec fermeté de s'éloigner.

Il dépensa sa dernière pièce en achetant un morceau de fromage, qu'il ne trouva même pas bon. Il regretta sa dépense.

– Un denier ! commença-t-il à crier. Un denier pour la santé ! Qui veut mes plantes ?

À ses débuts de marchand ambulant, il avait

eu beaucoup de mal à donner de la voix et avait même été à deux doigts de renoncer à ce genre de commerce. Et puis il s'était habitué, et maintenant, cela lui paraissait tout naturel.

– Qui veut mes plantes ! Mes bonnes plantes !

– Renaud ! (Josué l'avait pris par le bras et le tirait au milieu de la foule) Renaud, tu vois cet homme ?

– Le marchand de fourrures ?

– Oui... Il vend des manteaux de toute beauté. Va les tâter !

– Les tâter ? Pourquoi ?

– Pour rendre service aux amis !

Renaud avait compris. Il n'aimait pas beaucoup le rôle qu'on lui faisait jouer, mais après tout, ce marchand était à coup sûr honteusement riche !

– ... ensuite, souffla Josué, va te cacher sous mon étal.

Sur ces mots, le petit homme disparut.

Renaud s'approcha des magnifiques manteaux et caressa les poils si doux.

– Eh ! tu vas filer d'ici, toi !

L'enfant ne bougea pas, obligeant le fourreur mécontent à se déplacer.

– Tu entends ? Enlève tes sales pattes de là !

Renaud évita de regarder vers l'autre bout de l'étal, où Guillaume faisait main basse sur une fourrure. Pourtant rien n'échappa au marchand qui avait l'œil vif.

– Au voleur !

Guillaume disparut dans la foule, tandis que Renaud s'éloignait avec lenteur, pour ne pas être pris pour le voleur, vers l'étal de Josué, sous lequel il se glissa.

Assis sous la table avec son panier, il était protégé des regards par les hardes qui pendaient de toutes parts. Il ignorait comment les choses s'étaient passées, mais au lieu de Guillaume, c'est le Clerc qu'il vit déboucher devant lui, et qui laissa tomber à ses pieds le fameux manteau. Il le tira vite et le fourra au fond de son panier, avant de remettre des herbes par-dessus.

– File maintenant, souffla Josué.

– Fais attention à mes herbes, j'ai dû en vider !

– Ne t'inquiète pas, je te les garde.

L'enfant sortit par-derrière, sans être vu des deux sergents qui s'arrêtèrent, essoufflés, devant l'étal du juif, et soulevèrent les frusques d'un air méfiant.

– Tu vends des herbes, maintenant ?

– Non, j'en ai acheté. Je suis sujet au rhume, et les hivers sont rudes !

Les deux sergents étaient repartis en courant dans la même direction que le Clerc.

– J'étais pourtant sûr, disait l'un d'eux, qu'il avait lâché le manteau là-bas ! C'est à n'y rien comprendre ! Bon sang ! le voilà, le maudit Clerc !

Renaud vit Thierry s'enfiler sous l'étal d'un épicier pour échapper à ses poursuivants, et ressortir par l'autre côté en renversant la table, simple planche posée sur des tréteaux. Tout roula à terre, les clous de girofle et le poivre, les raisins d'Espagne dans le safran, le sel mêlé aux noix de muscade, les oranges du Portugal… qui rejoignirent le manteau au fond du panier. Cela faisait bien longtemps que Renaud avait envie de goûter à ces fruits si merveilleusement colorés !

Renaud évitait soigneusement le coin des pendus. Avec le manteau dans son panier, ce n'était pas le moment de se faire arrêter ! Il n'osait plus vendre ses herbes, mieux valait donc rentrer à la cour, pour se débarrasser du butin.

Jamais il n'avait vu les ruelles si calmes : tout Paris était à la foire. La cour était déserte, même la Sorcière s'en était allée. La journée serait agitée. Seraient-ils tous là ce soir ? Personne, peut-être, ne se ferait prendre… Renaud pensa avec affection à chacun de ses compagnons : Guillaume, à la fois fruste et généreux ; le Clerc, qui restait toujours un peu ambigu, mais sur qui on pouvait compter ; Hubaldus, le bon grand-père, souvent plus enfant que sa petite Ermangarde, leur princesse si douce et si frêle et pourtant si réfléchie… – Renaud sourit en pensant à elle – et Archambaud, tour à tour sérieux et fou, gai et triste, en tout cas agréable compagnon ; Léthéardis la Sorcière, un peu folle mais pas méchante, et le Chevalier…

Qu'a-t-il bien pu devenir ? se demanda le garçon.

Ils s'étaient quittés à l'auberge, Renaud tenant absolument à aller à la foire. Où était Thibaut, maintenant ?

Renaud se rappela la dernière vision qu'il avait eue de son ami et de la jeune fille… Alors il était parti… C'était cela, il se remémorait maintenant : il les avait quittés non parce qu'il était pressé d'aller à la foire, mais parce qu'il se sentait de trop.

Il tira le manteau de son panier et le caressa rêveusement. Il ne voulait plus vivre de rapines, et pourtant, s'il restait à la cour, il devrait sans cesse à ses amis des services comme celui d'aujourd'hui. Peut-être devrait-il accepter la proposition de la jeune fille… Oui, pourquoi pas ! Il irait aujourd'hui même se renseigner sur le travail qu'il aurait à faire, et si ça lui plaisait…

Perdu dans ses pensées, il avait remonté lentement la ruelle, et parvint en haut en même temps que trois sergents qui arrivaient en sens inverse, suivis de l'usurier Beffine. Les trois hommes bousculèrent l'enfant et se précipitèrent vers la cour. L'un d'eux se retourna.

– Où est Thibaut d'Arsental, dit « le Chevalier » ? cria-t-il à Renaud.

Le garçon prit son air le plus ébahi pour répondre qu'il ne connaissait personne de ce nom. Les hommes du Châtelet lui lancèrent un regard soupçonneux, mais ne durent pas juger utile de fouiller la cour, car ils rebroussèrent chemin, sans plus s'occuper de l'enfant. Sans doute allaient-ils faire le tour des tavernes à la recherche du voleur de créances.

Renaud les laissa passer le coin de la ruelle, tourner à droite pour remonter la rue Saint-Denis, puis il prit ses jambes à son cou et dévala la rue en sens contraire. Il fallait trouver Thibaut de toute urgence ! Il tourna à l'angle de la rue de la Ferronnerie, courut jusqu'à la place aux Chats et reprit à gauche vers les halles qu'il traversa au pas de course. Il regagnerait la rue Saint-Denis par celle de la Truanderie : il devancerait ainsi certainement les sergents qui devaient explorer toutes les tavernes. Enfin, il entra dans l'hostellerie où il avait quitté Thibaut.

– Hôtelier, le Chevalier est-il là ?

– Qui ?

– Le Chevalier... l'homme qui a amené la jeune femme évanouie !

– Ah !

– Alors, il est là ?

– Non.

– Où est-il ?

L'hôtelier fit une moue signifiant clairement qu'il ne le savait pas et s'en fichait pas mal. Renaud ressortit. Sur le pas de la porte, il hésita un peu, puis remonta la rue Saint-Denis vers la foire.

La foule était toujours aussi nombreuse, mais il ne rencontra personne de connaissance, sauf Josué bien sûr, qui lui affirma n'avoir pas vu Thibaut de la journée.

– Par contre, ajouta le petit homme, j'ai vu quelqu'un qui te cherchait.

– Un ami ?

Josué hésita, puis, martelant ses mots :

– Je ne crois pas.

Renaud eut du mal à avaler sa salive.

– Un grand... chauve...?

L'autre hocha lentement la tête.

CHAPITRE 15

– Renaud ! Renaud ! réveille-toi ! murmurait une voix auprès de lui.

Le garçon ouvrit les yeux, et réalisa peu à peu que c'était le Chevalier qui le secouait ainsi.

– Qu'est-ce qu'il y a ? balbutia-t-il.

– Renaud, mon ami, j'ai besoin de toi !

L'enfant s'assit. Il était seul dans la cour, les autres buvant certainement à la taverne tout l'argent qu'ils avaient gagné dans l'après-midi. Sans rien comprendre, il se laissa entraîner dans la ruelle. À peine avait-il eu le temps de rattacher ses chausses.

Pour quel coup avait-on encore besoin de lui, en pleine nuit ? Nuit... enfin non... Il ne faisait pas encore grand-nuit, mais Renaud se sentait tellement fatigué...

Il suivit Thibaut, sans rien dire, remarqua qu'on passait par la Grande Boucherie, pour arriver à une église qu'il reconnut tout de suite : Saint-Jacques.

Que diable allait bien faire Thibaut dans une église ? Pilleur de tronc ? Ça ne lui ressemblait pas. Renaud le suivit à l'intérieur. Tout était sombre et mort ; seule une chandelle brûlait dans une petite chapelle et... Renaud ouvrit les yeux ronds... la jeune fille était là.

– Mets-toi là, lui dit un prêtre qu'il n'avait tout d'abord pas vu.

Renaud se plaça à gauche du Chevalier, comme on le lui demandait, sans rien comprendre de ce qui se tramait. Puis le prêtre murmura des paroles en latin dont il ne saisit pas un traître mot. D'où il était, il ne voyait pas la jeune fille, mais il vit parfaitement Thibaut lui glisser un anneau au doigt.

Il se réveilla alors totalement : bon sang ! c'était un mariage ! Thibaut... Thibaut se mariait !

Renaud était tellement suffoqué qu'on dut l'appeler par deux fois pour qu'il vienne apposer sa signature sur le bas d'une feuille de registre.

Un mariage ! Mais... il lui semblait qu'avant de se marier, il fallait se connaître depuis longtemps, et puis être promis, et puis se fiancer... du moins était-ce comme cela qu'on pratiquait chez lui. En tout cas, il n'avait jamais entendu dire que le témoin pouvait être un enfant ! Il est vrai que, dans le noir, le prêtre n'avait dû s'apercevoir de rien.

Thibaut lui avait posé la main sur l'épaule, et le regardait droit dans les yeux, avec une amitié qui lui remua le cœur.

– Renaud... n'oublie jamais ce jour, Renaud !

La jeune femme avait posé sa tête contre l'épaule du Chevalier. Son visage était à la fois grave et rayonnant. Thibaut le prit dans ses mains avec une douceur infinie. Renaud recula lentement, et, comme une ombre, quitta l'église.

Il ne dormit pas de la nuit. Dans la surprise de ce qui venait de se passer, il avait oublié d'avertir le Chevalier que Beffine avait lancé à ses trousses la redoutable police du Châtelet. Où le trouver maintenant ? Comment l'avertir ? Cela faisait longtemps que Renaud ne s'était pas senti aussi mal. Son dernier souvenir de ce genre remontait à la visite du seigneur de Vélizé chez ses parents...

Devait-il aller à la recherche de Thibaut ? Il n'arrivait pas à en décider. Il était dangereux pour lui de sortir après le couvre-feu. Si encore il avait su où trouver son ami, il aurait osé !

Il restait là, à se torturer l'esprit sans oser ni sortir, ni dormir. Exécrable nuit ! En plus, il se mit à pleuvoir, ce qui n'arrangea rien, l'obligeant à quitter la cour pour s'abriter sous une porte cochère. Il perdait ainsi tout espoir de rencontrer les autres, qui peut-être auraient vu Thibaut quelque part.

Affalé sur une table de la taverne de l'Épée, Guillaume dormait.

– Oh !

Le tavernier le secoua brutalement.

– Oh ! Tu n'es pas ici pour dormir ! Si tu as sommeil, rentre chez toi. Ici, on boit !

– C'est ça… (Guillaume entrouvrit les yeux) donne-moi à boire !

– Tu es déjà plein comme une outre.

– Donne-moi à boire ! cria Guillaume en tapant sur la table.

Le tavernier haussa les épaules et alla lui chercher un pichet de vin.

– Je peux payer ! balbutia le joueur de viole. Je peux payer !

Il jeta une pièce d'or sur la table.

– Reprends ta pièce, dit une voix d'homme à sa droite, on ne montre pas ainsi son or ! Veux-tu te le faire voler ?

Guillaume tourna lentement la tête. Un moine se penchait sur lui.

– Allons, ramasse cet or ! On n'en voit pas si souvent ici !

Le joueur de viole ouvrit des yeux fatigués.

– Toi… toi aussi, t'en as de l'or, hein ? Un moine…

– Un moine a fait vœu de pauvreté.

– Ah ! Ah ! Ah ! de pau… vreté, qu'il dit ! Y'a pas plus riche que ces maudits ! Tiens, pour te dire, j'ai un ami qui y est allé voir, dans leur coffre, aux moines ! Pauvreté ! Tsss…

L'autre se rapprocha.

– Qu'entends-tu par « aller y voir » ?

– Ben… y voir, quoi !

– … avec un crochet ?

Guillaume jeta au religieux un regard méfiant. L'autre reprit rapidement :

– Je comprends les choses. Moi aussi, parfois...

– Vous aussi ? Qu'est-ce que tu dis ?

Guillaume se sentait la tête bourdonnante et les idées embrouillées.

Le religieux souffla :

– L'habit ne fait pas le moine !

– Ah !

Les yeux de Guillaume s'éclairèrent et il se mit à rire grassement.

– Tavernier ! cria-t-il. Un pichet pour mon ami !

Le tavernier jeta un coup d'œil choqué sur le religieux, mais lui apporta son vin.

– Tu veux dire...

– Je connais les crochets et j'en ai besoin. Veux-tu me donner le nom de ton ami qui en utilise...

– C'est... non ! Je ne peux pas le dire... mais (il regarda à gauche et à droite d'un œil de conspirateur et ajouta plus bas), si tu en veux, va voir de ma part Dammartin, l'orfèvre, il en fabrique...

– Merci, l'ami, je saurai faire bon usage de ce que tu m'as dit.

Le religieux sortit. Guillaume s'aperçut alors qu'il n'avait même pas bu son vin. Cela lui parut bizarre, et il commença à avoir des doutes.

Le petit jour surprit Renaud recroquevillé sous un porche de la rue des Lombards. Il avait dormi, malgré tout. Maintenant, il restait à arpenter toutes les rues à la recherche du Chevalier.

Chez la jeune fille ! Bon sang ! il était peut-être tout simplement chez elle ? Non... à la réflexion, on ne se marie pas en pleine nuit dans une chapelle quand on a l'accord de ses parents. D'ailleurs, Renaud voyait mal comment un riche banquier aurait accepté de donner sa fille au Chevalier ! Non ! Ils n'étaient sûrement pas chez les parents. Restaient les hostelleries, mais quant à les visiter toutes, il n'y fallait pas compter !

La pluie avait cessé. Renaud rentra à la cour. L'eau avait lavé les pavés, mais dans la ruelle, la terre battue s'était transformée en boue. Les semelles cousues aux chausses étaient tout à fait insuffisantes. Il aurait fallu des sabots... Oui, il s'en achèterait quand il aurait gagné assez d'argent.

La cour était détrempée. Pas un endroit pour s'asseoir. Pourtant, la seule chance de voir le Chevalier et d'avertir les autres était de rester là !

Il attendit fort longtemps, si longtemps qu'il commençait à désespérer quand, vers la fin de la matinée, il reconnut enfin le pas...

– Chevalier ! Chevalier ! Il faut vous cacher, Beffine vous fait rechercher !

Thibaut plissa le front. Visiblement, il avait

du mal à remettre les pieds sur terre, à comprendre de quoi Renaud lui parlait.

– Thibaut ! les créances, rappelez-vous ! Il faut filer tout de suite ! Si...

Il ne finit pas sa phrase : les sergents à la douzaine en personne bloquaient la ruelle. Ils avaient dû guetter l'arrivée du Chevalier et refermer le piège.

Ils avançaient lentement, en une masse compacte. Enfin, ils allaient avoir le Chevalier, que le prévôt essayait depuis tant d'années de faire enfermer !

Thibaut tira son épée et se précipita sur eux, mais douze contre un, c'était trop... Les coups de pied et de poing assénés par Renaud ne lui furent pas d'un grand secours et valurent à leur auteur de se faire à moitié assommer, et de se retrouver avec les mains liées dans le dos.

Le cortège commença à remonter la ruelle. Mais le piège tendu par la garde du prévôt n'était pas passé inaperçu : les habitants du quartier surveillaient les opérations, et ils avaient une dette envers le Chevalier depuis l'histoire des créances... On ne sut jamais qui avait commencé, mais toujours est-il qu'il se produisit une incroyable bousculade. Des tonneaux dévalèrent la ruelle, semant la panique parmi les sergents ; des badauds couraient avec zèle derrière les tonneaux pour les rattraper, au mépris de la garde du prévôt qui fut sérieusement malmenée. Jamais on n'aurait pu croire qu'on pouvait entasser autant de monde dans une aussi petite rue.

Quand les sergents se relevèrent, furieux, c'est en vain qu'ils cherchèrent des yeux leurs prisonniers.

CHAPITRE 16

– Cela fait trois jours ! disait Thibaut d'un ton impatient.

– Il faut rester, répondait invariablement Renaud. Ici, nous sommes sur les terres du Temple, sous la juridiction de l'évêque : le prévôt ne peut rien contre nous.

– Nous n'allons tout de même pas y passer la vie ! Il faut que je sorte de là !

– ... Si vous tenez à vous faire prendre...

Thibaut n'avait pas répondu. Son compagnon savait parfaitement ce qu'il pensait : il pensait que sa femme serait malade d'inquiétude, qu'elle croirait qu'il était mort... ou pire, qu'il l'avait abandonnée.

– Cette nuit, je pars, mais toi, reste : tu n'as pas mes raisons !

Renaud avait contemplé un moment ses doigts de pied trempés qui remuaient dans ses chausses trouées, puis il avait dit :

– Je vais avec vous.

Il se rappelait cette scène sans arrêt. Il savait déjà à ce moment-là que tout cela finirait mal. Il ne comptait plus les jours que Thibaut et lui avaient passés en prison. D'ailleurs, ils auraient dû être pendus depuis longtemps... Cette attente devenait éprouvante.

De temps en temps, ses nerfs lâchaient et il pleurait doucement, ou bien il se jetait contre les murs dégoulinants de l'étroite cellule, et il s'assommait à moitié.

Le Chevalier, lui, ne disait rien. La plupart du temps, il restait assis dans un coin, à jouer distraitement avec des brins de paille. En le voyant ainsi, Renaud pensait qu'il avait touché le fond de la douleur : pas le désespoir d'être pris, mais celui du temps qui passait. Sa femme savait-elle qu'il avait été arrêté ? Ne se croyait-elle pas délaissée par l'homme qu'elle aimait ? Renaud sentait que cette incertitude rongeait Thibaut, mais il ne pouvait rien.

Il se souvenait de cette nuit de pleine lune, où ils avaient tous deux gagné le quartier Saint-Jean, la maison des Arcys. Le Chevalier avait alors disparu par les toits et Renaud l'avait attendu dans un coin de porte. C'est avec une inquiétude croissante qu'il avait vu le jour se lever sans que réapparaisse son ami, et puis il avait aperçu les trois fouineurs débouchant d'une ruelle au pas de course... Et pourtant ils n'étaient pas poursuivis...

C'était eux. C'était sûrement eux qui avaient dénoncé le Chevalier !

À cette seule pensée, Renaud serrait les poings.

Tout s'était passé très vite ensuite : le quartier

avait été bouclé par les sergents du Châtelet, renforcés par la garde du prévôt...

Le visage du Chevalier se crispa de douleur.

– Vous souffrez ? s'inquiéta Renaud.

– Ce n'est rien... Cette souffrance-là n'est rien !

Un pas se fit entendre dans le couloir, mais il passa devant la cellule sans s'arrêter. Renaud souffla : il avait si peur de ce pas ! Dix fois, vingt fois, on était venu chercher Thibaut, pour le ramener quelques heures après, les mains meurtries, le visage en sang, ne tenant plus sur ses jambes. À chaque fois, Renaud en pleurait. Il soignait de son mieux son ami, mais il ne pouvait pas grand-chose. S'il avait eu ses herbes ! Il ne pouvait que regarder le visage se contracter, les croûtes se refermer lentement, et alors... le pas s'arrêtait devant la cellule, on ouvrait la porte grinçante, et tout recommençait. Les pieds saignaient, les plaies se rouvraient, s'agrandissaient, Renaud pleurait.

Lui n'avait jamais été torturé, par égard sans doute pour son jeune âge, ou simplement parce qu'on ne pouvait pas apprendre grand-chose de lui.

– Sais-tu, soupira Thibaut, que cela va faire un an bientôt que nous sommes là ?

Renaud donna un grand coup de pied dans un rat qui s'approchait de sa gamelle vide, et remarqua :

– Voilà deux mois qu'on ne vous a pas touché !

– Mes blessures se referment… Mais cela veut dire que le gibet nous attend ! Comment ai-je pu t'entraîner dans cette aventure ? Pourquoi as-tu voulu prendre ma défense ? Ce sergent que tu as blessé a été ta condamnation à mort ! Il fallait partir !

– Chevalier, commença lentement l'enfant, vous rappelez-vous qu'un jour, dans la forêt, vous avez choisi de revenir en arrière, de faire de moi un homme libre, de me sauver des griffes de Vélizé ?

Dans le silence qui suivit, le rat revint à la charge. Renaud lui envoya sa gamelle à la tête. Chercher à manger dans une prison ! Cette bête était idiote ! Les condamnés ne risquaient pas de laisser la moindre miette dans leur assiette, la moindre goutte de l'eau qu'on leur servait en guise de soupe ! Au début, le régime avait été meilleur ; le Chevalier avait un peu d'argent, et avait pu payer pour tous deux un mauvais grabat à six deniers. Mais l'argent s'épuisait, et on avait vite dû renoncer. Maintenant, il n'était même plus question d'avoir une botte de paille fraîche de temps en temps, on était réduit à la « fossée », à croupir sur de la paille décomposée et à se battre avec les rats dans des réduits puants et suintants d'humidité.

Des pas dans le couloir… Ça, ce n'était pas inquiétant : c'était l'heure de la soupe. On ouvrit leur porte. Thibaut ne se déplaça pas : il se moquait de tout, mais Renaud veillait sur lui, et bondit à la porte pour tendre les écuelles. Les geôliers ne lui parlaient jamais, se contentant de jeter un coup d'œil dans la cellule pour y vérifier la présence de Thibaut. Mais cette fois, il se passa quelque chose de curieux : à peine le gardien avait-il de nouveau verrouillé la porte, qu'on entendit un bruit de chute.

– Nom de Dieu ! souffla l'un des geôliers.

Suivit un bruit de course qui s'éloignait.

Quelques minutes s'écoulèrent avant qu'on ne perçoive le pas traînant de deux ou trois hommes, des prisonniers sûrement, d'après la démarche...

Ils s'arrêtèrent devant la cellule.

– Que se passe-t-il ? souffla Renaud.

Derrière la porte, un prisonnier répondit à voix basse :

– On enlève encore un mort, un sergent cette fois !

Le Chevalier s'était approché de la porte. Pour la première fois depuis bien longtemps, Renaud lui vit dans les yeux une lueur d'intérêt pour quelque chose.

– Mort de quoi ? demanda-t-il.

– La peste.

Le mot résonna dans la cellule. Les deux hommes repartaient, traînant le corps sur les dalles du couloir.

CHAPITRE 17

– Dans la cour ! Tous dans la cour !

Les geôliers passaient de porte en porte, tiraient les verrous, ouvraient en grand les cellules.

– Dans la cour ! Tous dans la cour !

Les prisonniers risquèrent un coup d'œil dans le couloir, sans trop oser croire ce qu'ils avaient entendu. Mais toutes les portes étaient béantes... Alors, traînant leurs pieds si peu habitués à la marche, ils sortirent lentement, les uns derrière les autres, dans le couloir sombre et crasseux où, çà et là, brûlait une torche. Le long cortège des déguenillés remonta à la lumière du jour, la grande lumière que certains n'avaient pas vue depuis des années. Elle leur brûla si fort les yeux qu'ils durent fermer les paupières et se protéger de leurs mains.

– Tout le monde est là !

Le prévôt en personne fit son apparition, accompagné d'une petite religieuse ridée comme une pomme d'api, le regard pétillant de malice entre des paupières mi-closes, et dont les mains potelées, sans cesse en mouvement, semblaient vouloir en finir au plus vite avec une situation dont les prisonniers ne savaient absolument rien.

– Peut-être, commença le prévôt d'un ton sec, peut-être certains d'entre vous sont-ils au courant des derniers événements. Voilà quelques jours que le mal est entré dans la ville.

– La peste ! précisa la religieuse.

Le prévôt lui lança un regard gêné, puis continua :

– Nous manquons de volontaires pour le transport des malades, aussi avons-nous décidé d'offrir la liberté à ceux qui, parmi vous, accepteraient ce rôle.

Un mouvement de foule agita les prisonniers, les langues se délièrent, on murmura, on s'inquiéta. Enfin, les volontaires – presque tous les condamnés à mort – s'avancèrent. Renaud et Thibaut étaient de ceux-là. Ceux qui purgeaient une petite peine de prison hésitaient encore, mais ils avaient vu mourir les gardiens, ce qui signifiait que la peste était parmi eux aussi... Alors, autant mourir libres ! Après quelques minutes de réflexion, un autre contingent de volontaires se détacha. Seule une poignée d'hommes préféra rester, avec l'espoir que l'épaisseur des murs de la prison en ferait un refuge des plus sûrs.

– J'ajoute, poursuivit le prévôt, le regard narquois, que les portes de la ville sont fermées depuis hier soir : inutile donc de penser à la fuite. Chaque groupe de deux hommes sera surveillé par un arbalétrier, et le prisonnier qui déserterait serait immédiatement abattu. D'ailleurs, pour limiter ce risque, il a été convenu de payer grassement vos services. Quand l'épidémie sera passée, vous serez libres !

Des murmures montèrent de la foule des prisonniers : ils étaient convaincus.

Que la lumière du jour était bonne ! Les rues ! Les gens allant et venant ! La vie !

– Archambaud ! Poète ! Que fais-tu là ?

– J'étais à l'ombre, comme vous !

– Pourquoi ?

– Pff... Guillaume a la langue trop bien pendue pour ne pas faire pendre quelqu'un !

– Il y a longtemps ?

– J'y étais avant vous : le lendemain de la foire. J'ai entendu parler de votre arrivée quelques jours après.

– Oh ! cria un arbalétrier, séparez-vous ! On a dit par deux, pas par trois !

Archambaud s'éloigna avec un sourire de regret.

– Vous deux ! Avec moi !

Thibaut et Renaud durent suivre le soldat chargé de leur surveillance. Tandis qu'Archambaud était emmené par la rue Saint-Denis, les deux compagnons passèrent le Grand-Pont : ils étaient affectés à la Cité.

Sur le Grand-Pont, la bousculade était celle des grands jours. Il fallait s'aplatir contre les boutiques installées de chaque côté de la rue, et qui empêchaient de voir la Seine. Les chevaux risquaient à tout moment de vous écraser, et les badauds se faufilaient tant bien que mal.

Quand il était joyeux, Renaud adorait cette bousculade où il jouait des coudes, mais quand son humeur était maussade, la foule lui faisait peur, et il préférait emprunter le Pont-aux-Meuniers, moins fréquenté.

Devant le palais, l'arbalétrier s'arrêta pour récupérer ses prisonniers. Renaud le vit pâlir, rougir, puis rouler des yeux furieux.

– Où est l'autre ?

Renaud tourna la tête, se hissa sur la pointe des pieds pour essayer d'apercevoir dans la foule la haute stature du Chevalier, mais ne vit rien. Il fallait se rendre à l'évidence : Thibaut leur avait fait faux bond, et le garçon avait une vague idée de l'endroit où il était allé. Il regarda le soldat dont le menton tremblait de rage, et dit simplement :

– Il reviendra.

L'autre suffoquait, puis il éclata :

– Il reviendra... qu'en sais-tu ?

– Je sais. Il s'est engagé, il s'est porté volontaire, alors il reviendra.

L'arbalétrier n'avait pas l'air convaincu, mais le ton de l'enfant l'impressionna. De toute façon, il ne pouvait pas se mettre à la poursuite du fugitif au risque de laisser s'échapper celui qu'il tenait encore. Il finit par se résoudre à continuer son chemin, mais son sentiment de culpabilité lui fit éviter le Palais Royal, où personne ne s'inquiétait de lui, pour gagner l'Hôtel-Dieu par les rues de la Vieille-Draperie et de la Savaterie.

Sœur Marguerite, la petite religieuse que Renaud avait vue à la prison était là, à les attendre pour leur faire visiter les lieux : la grande salle, où ils devraient amener les malades, la petite pièce contiguë qui servirait de chambre aux dix prisonniers affectés à la Cité, la cuisine où l'on préparait un bouillon plus épais qu'à la prison...

Une demi-heure à peine s'était écoulée que Thibaut était déjà de retour. L'arbalétrier hurla, le menaça, mais fut bien soulagé.

– Vous l'avez vue ? s'inquiéta Renaud.

Le Chevalier secoua négativement la tête.

– Racontez !

Un an auparavant, jamais Renaud n'aurait osé faire une telle demande... Mais un an de prison, côte à côte, avait changé bien des choses.

Thibaut lui sourit, sans joie.

– Je ne l'ai pas vue. J'ai guetté... rien ! Je ne peux pas me permettre de frapper à la porte : si elle n'a rien dit à ses parents, ils n'ont aucune raison de me recevoir... Et si elle a avoué son mariage, ils me mettront à la porte !

– J'y vais ! souffla Renaud.

Il n'eut pas le temps d'exposer ses raisons : un deuxième contingent de prisonniers arrivait, il fallait profiter de la perturbation que cela causerait à l'intérieur de la pièce.

Renaud repassa à travers la foule du Grand-Pont, pour le plaisir d'être dehors. Il riait intérieurement de la tête que devait faire l'arbalétrier... Ou plutôt, il devait rire franchement, car les gens le dévisageaient avec une curiosité amusée.

Il longea la Seine à pas lents, remonta avec émotion la place de Grève où l'on roulait des tonneaux de vin qu'on venait de décharger au port, et sauta sur un tas de charbon pour se laisser glisser jusqu'en bas, comme, tant de fois, il l'avait vu faire aux gamins. C'était cela, la liberté ! La vie était belle ! La peste ? Où était la peste ? Et au fait, qu'était-ce au juste que la peste ? Thibaut lui avait affirmé que la première épidémie, la « Belle » comme on disait, avait décimé le tiers de la population, dans toute l'Europe, mais que depuis, on n'avait eu que des petites pestouillettes, bien moins dangereuses que les épidémies de vérole ou de coqueluche. En tout cas, vive la peste qui lui rendait la liberté !

Sur ces pensées, peut-être un peu légères, Renaud arriva devant la maison de celle que, dans sa tête, il continuait à appeler « la jeune fille ».

Il frappa.

Au bout d'un long moment, la porte fut entrebâillée, et Renaud aperçut l'œil méfiant d'une servante.

– Que veux-tu ?

– Je voudrais voir la damoiselle.

– La damoiselle n'est pas là.

Renaud ne s'était pas préparé à cette réponse. Il en resta tout déconfit.

– Quand reviendra-t-elle ?

La servante haussa les épaules et repoussa la porte. Mais Renaud avait d'excellents réflexes, et il avait passé son pied par l'entrebâillure.

– Quand reviendra-t-elle ?

– Pas de sitôt. Notre damoiselle est à la campagne, rapport à la peste.

Cette fois, la porte claqua.

À la campagne !... À la campagne ! Comment apprendre cela au Chevalier ? Il sortait de prison, après une interminable année, et il faudrait lui dire d'attendre encore, qu'il ne pourrait pas avant longtemps revoir sa femme. La belle humeur de Renaud s'en était allée. Sans s'en apercevoir, il descendit vers la Seine, en s'essuyant de temps en temps le nez d'un revers de manche.

Derrière la plus haute fenêtre de la maison, une jeune femme aux yeux bleus le regardait avec désespoir s'éloigner en direction du fleuve.

CHAPITRE 18

– Qui a des malades ? Transport de malades !

Une fenêtre s'ouvrait, on faisait un signe discret aux hommes de l'Hôtel-Dieu, et on refermait la fenêtre.

Le travail était pénible. Les malades gémissaient, ils avaient mal à la tête, ils avaient soif, certains vomissaient du sang. Renaud en avait l'estomac tout retourné, et il ne put avaler la moindre bouchée de la journée.

La sœur Marguerite lui souriait gentiment, le réconfortait, mais la nausée ne passait pas, et le nombre des pestiférés ne cessait d'augmenter.

– Doux Jésus ! s'exclama la religieuse, j'ai bien peur qu'il n'y ait aujourd'hui beaucoup plus de malades qu'hier ! Mardi, on nous en a amené dix, vingt-huit mercredi, cinquante-quatre jeudi, et voilà que nous atteignons la centaine !

Les premiers jours, le travail n'avait pas été trop dur, mais la peste prenait des proportions inquiétantes. De dix qu'ils étaient au début, les prisonniers ne se trouvaient déjà plus qu'à sept, et, le soir, ils se surveillaient les uns les autres, pour éventuellement déceler les premiers symptômes de la maladie. Ils dormaient tous dans la petite pièce, et ils dormaient fort mal. Certains malades, dans la salle voisine, déliraient et tapaient contre le mur, hurlaient, se prenaient pour le Christ, souvent… ou pour n'importe quoi, rendant insupportable la nuit de leurs compagnons et des infirmières.

Depuis la veille, on commençait à voir passer vraiment beaucoup de convois mortuaires. Les familles en deuil remontaient la rue Saint-Denis jusqu'au cimetière, le chagrin et la peur au ventre… Et si la « Dame Rouge » continuait ses ravages ? Déjà, on avait du mal à trouver des médecins, qui, se refusant à admettre qu'il s'agissait d'une véritable épidémie de peste, n'en songeaient pas moins à mettre leur propre personne à l'abri. Jamais, non plus, les notaires n'avaient eu autant de travail, chacun voulant dicter son testament, pour mettre les choses en ordre, au cas où…

C'est pourquoi, au cinquième jour, on put compter des notaires parmi les malades. Ce fut aussi au cinquième jour que les pestiférés de l'Hôtel-Dieu commencèrent à mourir en grand nombre : la maladie évoluait de plus en plus vite. On ne nota plus les entrées ni les sorties de l'hôpital, on dut entasser les malades à trois ou quatre par lit, tête-bêche, puis on se résolut à allonger les nouveaux arrivants à même le sol, entre les lits. L'odeur des bubons qu'on perçait était insupportable, mais, à ce qu'on disait, les malades atteints de ces grosseurs sous les bras ou à l'aine pouvaient avoir l'espoir d'en réchapper. Les autres, ceux qui crachaient du sang, ceux qui se couvraient de taches brunes, étaient condamnés. Renaud sut bientôt distinguer les malades incurables des autres, et il rendait de grands services à sœur Marguerite en lui indiquant ceux qu'il fallait soigner de toute urgence, ceux qu'on pouvait sauver en s'y prenant assez tôt.

Thibaut ne parlait pas de sa femme, mais Renaud savait qu'il y pensait sans cesse, et lui dit un jour :

– Elle est à la campagne, elle y est mieux qu'ici : elle sauvera sa vie !

– ... Et que pense-t-elle de moi ?

Renaud ne sut que répondre.

Leur arbalétrier ne les accompagnait même plus : il avait déserté. Bien qu'il ne touchât pas lui-même les malades, il mourait de peur, et avait réussi à se faire remplacer, contre une forte somme, par un collègue, qui d'ailleurs ne s'était jamais montré.

La puanteur montait des rues désertées. Sur le Grand-Pont, les échoppes n'avaient pas ouvert de la journée. Il n'était plus question de bousculade, et à cette heure de la soirée, on n'entendait d'autre bruit que le grincement étouffé des moulins à eau.

Jaspar jeta un coup d'œil sur le pont, puis fit

signe à ses deux compagnons de le suivre. Trois ombres s'avancèrent dans la nuit, trois ombres discrètes, se confondant avec les murs, des ombres de coupables, qui disparurent à droite dans une étroite ruelle.

Les trois fouineurs avaient guetté tout le jour Thibaut et l'enfant. Ils les avaient suivis de loin, surveillant leurs allées et venues entre les maisons et l'hôpital. L'enfant avait mauvaise mine, le Chevalier ne s'était pas rasé depuis plusieurs jours, mais par contre, il était à remarquer qu'ils changeaient tous deux de vêtements fréquemment.

– C'est là ! souffla Jaspar.

– Tu es sûr ?

– C'est le Desrocheur qui surveillait à ce moment-là…

Le Desrocheur s'approcha.

– Je suis sûr ! C'est bien ça, je reconnais la porte. Le Chevalier est sorti, et puis il a fermé à clé.

Le Chevalier avait fermé à clé. Cela signifiait clairement qu'il n'y avait plus personne à l'intérieur de la maison.

– Regardez ! Une croix et un 4 entrelacés dessinés sur la porte !

Dodon pouffa :

– Ça ne leur a pas porté chance, aux propriétaires ! Quels imbéciles !

Jaspar lança à son compagnon un regard méprisant.

– Et toi, tu ne portes pas de talisman, peut-être ?

– ... avec de la poudre de crapaud, même ! ajouta le Desrocheur.

– Et toi... commença Dodon, furieux.

– Moi, répliqua l'autre en grattant bruyamment son menton mal rasé, je n'en fais pas de mystère : je me fie au 4, et j'en ai toujours un en pendentif.

Ils se glissèrent par la porte que Jaspar venait de crocheter et refermèrent sans bruit derrière eux. Le repas était encore sur la table.

– Quelle aubaine ! s'exclama Dodon en allumant la chandelle. Mettons-nous à table, nous avons toute la nuit devant nous !

Il saisit un manteau qui traînait sur le lit et le jeta sur ses épaules.

– J'ai même entendu dire, continua le Desrocheur tout à son idée, qu'il y en a qui ont guéri de cette maudite maladie, savez-vous comment ? En faisant un vœu à saint Étienne, vœu de lui offrir un cierge aussi long qu'eux... Enfin, ça, c'est pas mes opinions...

– Opinion ! fit Jaspar agacé. Des opinions, on n'en a plus quand on est en train de crever. Le plus mécréant se met à genoux... Mais mangez donc ! M'est avis que nous allons manquer de vivres d'ici peu !

– Pourquoi ? s'inquiéta Dodon.

– Pourquoi ? Tu n'as donc pas vu que les portes de la ville sont fermées ?

– On les rouvrira pour la nourriture !

Jaspar leva les yeux au ciel.

– Si tu étais dehors, tu aurais envie, toi, de venir te jeter dans la gueule du loup, de venir te rouler dans l'épidémie pour apporter à manger ?

– Chut... le Desrocheur s'était levé, l'oreille aux aguets. Éteignez la chandelle ! Pourvu qu'ils n'aient pas vu la lumière !

On perçut distinctement de nombreux pas sur le pavé : la garde du Châtelet faisait sa ronde, à la recherche des pilleurs de maisons vides.

On frappa fermement à la porte :

– Ouvrez !

– Vite ! souffla Jaspar... Par la porte de côté ! Elle donne dans une autre rue !

Sans un bruit, ils se glissèrent hors de la maison ; mais ils n'étaient pas les seuls à avoir repéré la porte latérale ; en un clin d'œil, la garde leur était tombée dessus.

Le Desrocheur, qui sortait le premier, reçut un coup d'épée en plein cœur. Jaspar trébucha sur le corps et fut aussitôt fermement saisi par deux hommes. Cela se présentait mal ! Dodon préféra tenter sa chance par la porte principale. Quand il se glissa dehors, personne n'était là pour l'accueillir, tous étaient occupés dans l'autre ruelle. La fuite fut facile.

On n'était plus serré du tout, dans la petite pièce de l'hôpital. Les visages changeaient souvent : certains mouraient en deux jours, d'autres résistaient une semaine, mais on ne trouvait plus de volontaires pour ce travail, quel que soit le salaire promis.

Au début, Renaud en avait vu, des traîne-misère attirés par l'argent... Ils arrivaient, heureux d'une si bonne fortune... et crevaient comme des mouches.

Eux, Renaud et le Chevalier, résistaient. Était-ce la pipe ? Était-ce la désinfection au soufre et au salpêtre qu'ils faisaient subir à leurs vêtements ? Était-ce une plus grande résistance au mal ? Ils l'ignoraient, mais ils étaient toujours en vie.

– Prends ça !

Renaud considérait avec dégoût la pipe que lui tendait Thibaut.

– Ça me rend malade !

– Ça vaut mieux que la peste ! Fumer te protégera de l'épidémie !

L'enfant prit un air sceptique. Il était surtout découragé : tout le jour, ils n'avaient convoyé que des morts, puisque les événements avaient transformé leur mission. L'avant-veille en effet, le prévôt avait fait crier dans toute la ville que les maisons des pestiférés devaient être closes, et leurs occupants mis en quarantaine. Quarante jours enfermés ! Pour ne pas risquer cette épreuve, les familles n'avaient plus déclaré leurs malades. On les laissait mourir à la maison, et on traînait leur cadavre dans la rue, au milieu de la nuit.

Ces familles qui avaient pleuré à leur premier deuil, ne versaient plus de larmes, vaincues par la peur. Et puis les voisins aussi, avaient perdu des proches, leurs enfants, leurs frères ! Le deuil était étendu à toute la ville ; pleurer ses morts aurait semblé mesquin.

Il n'était même plus question de convoi funèbre, de cortège ni de cimetière, de bénédiction ni de sanglot. On ne s'imposait même plus la moindre déférence pour les morts : on nettoyait simplement la rue de leurs corps malodorants. Au petit matin, Renaud et Thibaut attelaient le cheval à la grande charrette, pour le mener par les rues désertes faire sa lugubre moisson. D'infirmiers qu'ils étaient, par la force des choses, ils se virent transformés en convoyeurs de cadavres. Renaud n'en pouvait plus.

– Que faisons-nous là, à ramasser ces morts puants ?

Thibaut lança sur son compagnon un regard amusé, et tapa sa pipe dans le creux de sa main, pour la vider. Puis il la bourra de nouveau.

– Dites-moi quelque chose, s'exaspéra Renaud, énervez-vous ! Faites-moi honte !

Le Chevalier le contemplait toujours de son œil rieur, puis il souffla une bouffée de fumée et dit :

– Pourquoi ? Tu te fais déjà honte tout seul !

Renaud laissa retomber ses épaules, qui lui semblaient si pesantes.

– Je crois que c'est à cause des bébés… C'est

ça qui m'a achevé... Oh ! Pas ceux qui sont morts de la peste, non ! les autres... Vous rappelez-vous comme nous avons été heureux de les sauver, tous ces petits orphelins affamés... Et voilà que sœur Marguerite ne trouve pas de nourrice, et n'a plus de lait pour eux. Le pauvre bouillon de l'hôpital ne leur vaut rien. Il y en a sept qui sont morts ce matin !

– Prends ta pipe !

– Ma pipe... vous croyez vraiment que ça éloigne le mal ? Vous avez vu tous ces médecins, avec leur masque en forme de tête d'oiseau ?... Eh bien, il paraît que le bec est bourré d'un parfum soi-disant protecteur, et cela ne les a nullement empêchés de mourir ! Pourtant, ils sont médecins, ils savent...

– Ils ne savent rien. S'ils avaient voulu reconnaître le mal alors que tout le monde s'en doutait déjà, nous n'en serions peut-être pas là ! Il fallait prendre des mesures tout de suite... Tiens ! Prends ta pipe : nous sommes encore en vie, pas vrai ?

Renaud poussa un soupir.

– Quel sale travail ! Je me demande pourquoi nous le faisons ! Il n'y a même plus un soldat pour nous surveiller !

– Tu le sais bien, pourquoi nous le faisons ! répliqua Thibaut en prenant la bride du cheval. Parce qu'il n'y a personne pour s'en charger à notre place !

Renaud secoua la tête.

– Quand je pense, dit-il, que tous ceux-là,

tous ces bourgeois, tous ces riches qui se plaisaient à faire la morale, nous regardaient avec mépris et hostilité... (il secoua de nouveau la tête)... ce sont eux les chiens, les pourris, qui s'enfuient, qui s'enferment dans leurs maisons pour ne pas voir le malheur, pour n'avoir pas à le soulager. Ils tremblent, ils se cachent, ils laissent crever leurs fils, leur femme. Eux qui nous insultaient pour notre misère, ne sont pas prêts à supporter la leur. Pfff... Et c'est sur nous qu'ils comptent maintenant, sur nous à qui ils crachaient au visage, quand ils étaient à l'abri... Et c'est nous qui devrions tendre l'autre joue, ramasser au péril de notre vie leurs cadavres nauséabonds !

Thibaut lui jeta un coup d'œil amusé.

– Tu me sembles bien moralisateur, aujourd'hui !

– J'ai tort ?

Thibaut ne répondit pas directement. Il rejeta ses cheveux en arrière et conclut :

– Tous ceux-là, qui croyaient valoir mieux que nous, se voient maintenant tels qu'ils sont dans le miroir de la peur.

La charrette s'ébranla lentement : deux corps sans vie dans la rue de la Vieille-Pelleterie, un devant Saint-Barthélemy, un rue de la Calande. Une porte ouverte... Cela signifiait que toute la maisonnée était passée de vie à trépas. Thibaut entra.

– Il y a quelqu'un ?

Le dernier occupant gisait, recroquevillé derrière la porte qu'il n'avait eu que le temps d'ouvrir. Thibaut attrapa le cadavre sous les bras, Renaud le prit par les pieds, d'un geste automatique, puis ils le balancèrent deux fois d'un côté et de l'autre, pour finalement l'envoyer, d'un mouvement d'une rare précision, grossir le tas de la charrette.

La maison étant vide, le travail n'était pas fini : Renaud descendit le sac de foin porté par le cheval et pénétra dans la pièce abandonnée. Par manque de volontaires, les corbeaux[1] se faisaient aussi désinfecteurs. Les ordres étaient de tout épousseter, balayer, d'ôter les toiles d'araignée et de brûler la paille des lits et les vêtements.

– Quelle misère de détruire ces beaux habits ! soupira Renaud. J'ai bien envie de me les désinfecter !

– Ne fais pas cela ! C'est trop dangereux !

Thibaut laissa tomber au centre de la pièce une brassée d'herbes sèches qu'il arrosa du parfum qu'il fabriquait lui-même avec du camphre, de l'alun, de la myrte et du soufre, auxquels il ajoutait parfois de la cannelle, de la résine ou de la poix.

Quand toutes les issues furent bouchées, Renaud mit le feu au foin, et regarda la fumée s'élever. C'était le moment le plus agréable, celui où il avait l'impression de faire vraiment

1. Corbeaux : nom donné aux hommes qui enlevaient les morts durant la peste.

quelque chose d'utile. Cette fumée purifiante, c'était la seule chose véritable, curieusement la seule sur laquelle il se sentait une prise.

Ils quittèrent la maison et fermèrent la porte à clé.

– La sœur vous a-t-elle dit où nous devons emporter les cadavres, aujourd'hui ? Le cimetière est surchargé...

– Le prévôt fait creuser des fosses dans les terrains vagues, mais tant qu'elles ne sont pas finies, nous irons charger les corps sur des bateaux.

Que la Seine semblait loin, ses berges glissantes, sa couleur repoussante... Renaud regarda le bateau s'enfoncer peu à peu, le nez en avant. Déjà, l'eau trouble effleurait les cadavres, les caressait, les engloutissait. Quand le bateau disparut, les remous agitèrent les corps, donnant l'écœurante impression que la vie leur était revenue, gluante et désespérée.

Comme un automate, Renaud s'accrocha à l'arrière de la charrette, qui remontait déjà vers le pont. Les roues tournaient, tournaient... sa tête aussi tournait. Il ne voyait plus bien les pavés qui s'entrechoquaient. Une violente douleur lui vrilla le crâne.

– Renaud ! Renaud ! Qu'est-ce que tu as ?

L'enfant sentait sous sa tête la froide dureté de la pierre : il avait dû tomber. Il voyait au-dessus de lui le visage inquiet de Thibaut.

– Renaud, ça ne va pas ?

– Oooh... ma tête... c'est ma tête...

Le Chevalier tâta l'enfant derrière les oreilles, aux aisselles... oui, une grosseur à gauche... Il souleva le malade et le déposa dans la charrette vide.

CHAPITRE 19

– J'ai soif ! j'ai soif !

Renaud sentit de l'eau fraîche couler dans sa bouche, baigner sa langue tuméfiée, mais sa soif était toujours aussi ardente. Ses maux de tête étaient passés, après les vomissements qui l'avaient épuisé toute la nuit. Maintenant, son crâne lui était pesant, impossible à soulever, et il tremblait de froid. Mal... Qu'il se sentait mal ! Ses membres lui paraissaient appartenir à quelqu'un d'autre... Et la main qui se posait sur son front... était-ce la sienne ? Dieu, qu'il avait froid ! Il se rappelait que quelqu'un avait crié. Lui peut-être ? Oui, ça devait être lui, car il lui semblait qu'il avait eu très mal, atrocement mal ! Et après... cette odeur... elle lui rappelait quelque chose... oui, c'était l'odeur des bubons qu'on perce ! C'était cela, on avait dû lui percer des bubons... Mais alors, c'est qu'il avait des bubons ! C'est qu'il avait la peste !

– Sœur Marguerite !

Une voix d'homme à ses côtés :

– Sœur Marguerite ! je crois qu'il reprend conscience.

Renaud ouvrit les yeux. Le plafond était si haut, si haut ; son lit vacillait. Où était-il ?

– Petit !

Le visage ridé de sœur Marguerite se penchait sur le sien. Thibaut lui souriait... Thibaut ! Comme ses yeux étaient fatigués !

– Allons ! avance ! Tu as accepté, oui ou non ?

Le sergent bouscula un peu Jaspar.

– Inutile de me brusquer, bon sang, j'y vais ! Les désinfecteurs ont-ils bien fait le travail, au moins ?

– Qu'est-ce que j'en sais, moi ! De toute façon, que risques-tu ? Mourir sur le gibet ou du grand Mal... Moi, j'aurais choisi comme toi : tu deviens éprouveur, tu t'enfermes pendant quarante jours dans une maison, et quand tu sors, on te donne plus d'argent que tu n'en pourrais gagner en dix ans.

– À condition que j'en sorte ! Si on me fait « éprouver » la maison pour voir s'il n'y a plus de contagion, c'est qu'on n'en est pas sûr !

– Si tu préfères le gibet, tu es libre !

Un coffre de bois tomba à leurs pieds. Ils levèrent la tête et s'écartèrent promptement. Par la fenêtre, passèrent des vêtements, un banc, une petite table, des écuelles... puis un homme s'y encadra.

– Dodon !

Jaspar était suffoqué. Dodon roulait des yeux angoissés.

– Sauvez-moi ! Le bateau coule ! Vite ! Sauvez-moi !

Il jeta encore quelques vêtements et hurla :

– Ça tangue ! On va se noyer ! Au secours !

Il se tenait accroupi sur le bord de la fenêtre. Le sergent fit reculer Jaspar. La rue était déserte. En d'autres temps, on y aurait déjà vu un attroupement, mais une scène semblable était devenue courante : certains pestiférés étaient atteints par la folie, on avait même vu une mère jeter ses enfants par la fenêtre.

Dodon avait sauté. Il gisait sur le sol, mort. Son talisman était sorti de sa chemise, et il portait toujours le manteau qu'il avait volé dans la maison contaminée.

– Moi, dit un homme en enfonçant sa bêche dans la terre collante, je dis que c'est à cause des pluies, qu'on a cette maudite maladie.

Son compagnon s'arrêta de creuser.

– En tout cas, si on nous fait faire un si grand trou, c'est qu'on s'attend à avoir pas mal de morts à y mettre.

– C'est la pluie... Et puis ce vent, qui répand le mal.

L'autre cracha dans ses mains et dit lentement :

– C'est pas la pluie, c'est pas le vent, c'est la sale engeance... les juifs, quoi ! C'est eux, les bouteurs de peste. On dit même qu'ils paient les lépreux pour empoisonner l'eau des fontaines.

– Comment expliquerais-tu, alors, qu'il y a la Belle même là où il n'y a pas de juifs ? Non... ce n'est pas ça. Moi (il baissa la voix) j'ai entendu dire que ce serait une petite flamme qui sort des lèvres des mourants : elle reste sous la terre, et au moindre coup de pioche un peu trop profond, ou alors aux tremblements de terre, pfff... elle sort. C'est un fantôme.

Un gros rouquin qui les écoutait depuis un moment s'approcha.

– C'est idiot. Non, les seuls coupables sont les « engraisseurs » : ils parcourent les rues et étalent en bas des murs quelque chose de gras, qui attire la Dame Rouge. Mais cette fois, je ne risque rien : je l'ai déjà eue, cette saloperie, il y a des années. J'avais un gros bubon sous le bras, eh bien, à chaque nouvelle épidémie, j'ai des douleurs à cet endroit. Pas besoin de médecin pour me dire que la Dame Rouge approche !

– Regardez ! Encore une procession ! Tous les jours, ils en font, maintenant. Et on en brûle des cierges ! Il paraît que dans certaines villes, on a même entouré les remparts d'un immense cierge.

– Sans compter ceux qui se font des ceintures de cire. Pas étonnant qu'on n'arrive plus à trouver de quoi faire des cierges !

– Moi, merci ! Pas de protection ! Craindre la peste l'attire.

Les deux autres lui lancèrent un regard gêné : oser prononcer le nom de la Belle, de la Dame Rouge ! Pour conjurer le sort, ils se signèrent avant de se remettre au travail.

CHAPITRE 20

La puanteur des rues était de plus en plus insoutenable. On avait enterré des milliers de cadavres ; pas seulement ceux des victimes de la peste, mais aussi ceux des victimes de la famine. Les vivres se faisaient de plus en plus rares, et les mendiants étaient les premiers touchés.

Renaud se redressa doucement. Aujourd'hui, il lui semblait qu'il tiendrait debout, en tout cas mieux qu'hier. Il voulait sortir. Il ne supportait plus les cris de ses voisins, les vomissements, les crises de folie. Il n'en pouvait plus, il fallait qu'il prenne l'air.

Après avoir fait quelques pas dans la rue de la Juiverie, il se sentit mieux. Il crut pouvoir aller jusqu'au Grand-Pont, mais il avait trop présumé de ses forces. Quand sa tête se mit à tourner, il dut s'asseoir au milieu de la rue déserte, et laisser passer quelques minutes. Puis il jugea prudent de regagner l'hôpital, et d'y attendre patiemment, comme tous les soirs, le retour de Thibaut, qui arriverait exténué de sa journée de « corbeau » et trouverait pourtant la force de la lui raconter.

Il se passa encore une bonne semaine avant

que Renaud fût totalement rétabli. Il sortait chaque jour, pour des promenades de plus en plus longues. Il avait ainsi récupéré peu à peu les forces qui l'avaient abandonné durant sa maladie.

Lentement, il longea la rue de la Juiverie, passa le Grand-Pont désert, tourna autour du Châtelet et commença à remonter la rue Saint-Denis. La Grande Boucherie était fermée : ordre du prévôt, qui craignait que l'abattage des bêtes ne propage la contagion. C'est en arrivant à la hauteur de la chapelle Sainte-Opportune, qu'il se rendit compte qu'inconsciemment, il se dirigeait vers la Cour aux Étoiles... chez lui ! Avec émotion, il passa la porte de Paris, longea le cimetière des Innocents, puis emprunta « sa » ruelle.

– Léthéardis ! Léthéardis !

La Sorcière leva la tête, une tête vieillie de dix ans, les yeux creux, les lèvres plissées.

– C'est toi, le petit ? dit-elle d'un air las.

– Tu es seule, Léthéardis ?

La vieille femme, qui avait fait un mouvement pour accueillir son visiteur, s'accroupit de nouveau sur le tas de paille du coin.

– Seule ? dit-elle lentement, en plissant les yeux pour essayer de comprendre ce que Renaud voulait dire.

– Où sont les autres ? Hubaldus...

– Ooooh ! Hubaldus... il est mort Hubaldus...

– Mort... Comment ?

La vieille, toujours accroupie, se mit à balancer doucement sa tête.

– Il est mort… ça cognait, ça cognait… tous à l'aveuglette qui cherchaient le cochon, tous qui maniaient le gourdin. Et les autres, qui rigolaient, les seigneurs, les beaux messieurs… qu'ils crèvent…

La Sorcière cracha par terre, puis, l'œil vague, murmura comme pour elle-même :

– Il n'a pas mangé son cochon, Hubaldus… Il est tombé, le crâne ouvert… et ç'a été fini…

Renaud se sentait malade, au bord des larmes, mais, d'une voix monocorde, la vieille continuait :

– C'est comme l'autre… « bouteur de peste », qu'ils l'appelaient ! Il est mort sous mes yeux, tout recroquevillé, qu'il en avait l'air encore plus petit que de son vivant. Il avait le front ouvert aussi, le Josué, et le nez cassé ; il saignait de partout, et tous ces maudits qui continuaient à lui jeter des pierres en hurlant : « c'est lui, le bouteur de peste ! » Et il saignait… Mais c'est eux, les maudits, qui attirent le Mal par leurs péchés.

La voix de Renaud s'étrangla dans sa gorge.

– Et Ermangarde ?

La vieille releva la tête, laissant retomber ses cheveux gris sale devant ses yeux.

– Elle était fragile, tu sais. Et puis, depuis qu'Archambaud avait été pris, elle n'était plus la même ! Alors, quand Hubaldus est mort, elle n'a plus eu de goût à rien. Elle pleurait tout le temps. Et puis, la famine… Je lui ai fermé les paupières, à la Princesse. Elle était fragile, tu sais…

Léthéardis se mit debout, ramassa le vieux sac que Renaud lui avait toujours connu, puis ajouta d'un air absent :

– C'était le même jour que le Clerc, mais lui, c'était la peste. Tous morts, comme moi.

En traînant les pieds, elle se dirigea vers la ruelle. Renaud resta interloqué, puis dit d'une voix altérée :

– Mais… tu n'es pas morte !

La vieille passa devant lui sans rien dire, puis laissa tomber :

– Il y a longtemps que je suis morte !

Renaud s'appuya au mur. Il était tout pâle, au bord de l'évanouissement. Il ne savait pas pendant combien de temps il était resté prostré là. Quand il reprit ses esprits, il se mit à remonter la ruelle d'un pas automatique. Alors, tout lui revint en mémoire : Hubaldus, le petit Josué, la Princesse, Thierry le Clerc. Il ignorait ce qu'étaient devenus Guillaume et Archambaud, affectés à un autre quartier… morts sans doute. Si peu en réchappaient ! Il ne se sentait plus chez lui ici, parce que la cour, ce n'était pas ces quatre murs au bout d'une ruelle, c'était la vie, les allées et venues incessantes, les cris, les rires. Une cour vide… une ruelle vide débouchant sur une rue vide… Plus de badauds, plus de marchés, plus de foires, on venait même d'interdire les processions pour éviter la contagion. Un désert : Paris était un désert.

– Oh !

Un homme venait de l'interpeller juste comme il sortait de la ruelle. Sacrebleu ! Jacquet le chauve !

Renaud se mit à courir, droit vers les halles, renversant au passage une femme qui venait d'acquérir à prix d'or un pain de méteil.

– Renaud ! cria Jacquet. Renaud !

Mais... Il lui courait derrière ! Le garçon emprunta le dédale des ruelles qui entouraient les halles. L'autre suivit, l'autre semblait connaître l'endroit aussi bien que Renaud lui-même. À chaque pas, Renaud s'éclaboussait de saleté ; les rues n'avaient pas été nettoyées depuis des jours et des jours, malgré les injonctions du prévôt. Il s'affala dans l'eau fétide : il venait de se prendre les pieds dans le cadavre d'un rat.

En un instant, Jacquet fut sur lui, le saisissant par le col, le remettant sur ses pieds. Il le regardait avec un rire moqueur. L'enfant s'essuya la figure d'un air détaché, et planta son regard provocateur dans celui de son adversaire. Jacquet n'en sembla pas troublé. Tenant toujours fermement Renaud d'une main, il sortit de sa chemise un rouleau de parchemin et le déroula devant le visage de l'enfant d'un petit coup sec du poignet. Renaud fit semblant de ne pas s'y intéresser.

– Je te conseille de lire, fit l'autre. Tu sais lire ?

La curiosité l'emportant sur la dignité, Renaud laissa tomber les yeux sur le papier, et en resta bouche bée. Il était écrit :

« Moi, Alain, seigneur de Vélizé, comte d'Alanche, déclare affranchir Renaud, fils de Laurent et Adélaïde et serf de mon domaine. Qu'il aille en liberté partout où il lui plaira. Fait à Vélizé, en présence de… »

– Qu'est-ce que ça veut dire ? souffla Renaud.

– Ça veut dire que le curé a payé ton affranchissement.

– Le curé…

Renaud était stupéfait. Il était libre, et cela ne lui procurait pas la joie qu'il croyait en attendre. Il n'en profitait pas… Sans doute parce qu'il s'était rendu libre avant qu'on ne l'y autorise.

– Jacquet… tu es resté tout ce temps à Paris, simplement pour me trouver ?

– Non ! À vrai dire, je cherchais une place de valet, et j'ai trouvé, chez d'Arcys, tu connais ?

D'Arcys… Renaud avait déjà entendu ce nom-là quelque part. D'Arcys… mais… C'était le nom qu'avait prononcé le prêtre, le nom de la jeune fille, de la femme de Thibaut !

– Ah ! d'Arcys… Ils ont quitté la ville, n'est-ce pas ?

– Ma foi non ! ils sont restés, pour le malheur, car le Mal a frappé là comme ailleurs, les grands comme les petits.

Renaud ne comprenait plus.

– Ils ne sont pas partis ?... Ah ! tu veux dire les parents, car la jeune fille, elle...

– Mais enfin, qu'est-ce que tu racontes ? Tout le monde est resté, je te dis ! Quant à la jeune fille, je ne l'ai aperçue qu'une seule fois, de tout le temps de mon service. (Il baissa la voix, puis :) son père l'enfermait. Les ordres étaient, si on la demandait, de dire qu'elle était partie à la campagne.

– Bon sang ! balbutia l'enfant. Quel idiot je fais !

– De toute façon, moi, je suis parti quand Mme d'Arcys a commencé à être mal. Je suis dévoué, mais pas fou. Le père était déjà mort, et le fils, alors tu penses...

– Et la demoiselle ?

– Ah ça ! je n'en sais rien !

Jacquet suivit des yeux Renaud, qui filait à toutes jambes vers la place aux Chats, et secoua la tête.

– Ces jeunes ! Je n'arriverai jamais à les comprendre !

– Thibaut ! ma sœur, où est Thibaut ?

Sœur Marguerite observa avec curiosité le visage bouleversé de l'enfant.

– Thibaut est dans la cour. Il dételle le cheval.

– Thibaut ! Thibaut !

Étonné, le Chevalier leva la tête.

– Thibaut ! (Renaud reprit son souffle.) Elle est là... elle n'est pas à la campagne...

– Elle est…

Le Chevalier resta un moment interloqué, puis, avant que Renaud n'ait le temps de réaliser, il sauta sur le cheval et fila au grand galop.

– Attendez ! Chevalier, attendez !

Bon sang ! il n'avait même pas dit qu'elle était peut-être morte !

Sans réfléchir, il se mit à courir dans la direction que Thibaut avait prise. Il haletait. Ses jambes mollissaient. Il s'arrêta sur le pont Notre-Dame pour reprendre son souffle. L'air, s'engouffrant dans ses poumons, faisait un bruit de forge. Il recommença à courir faiblement et dut s'arrêter de nouveau. Son thorax lui faisait mal, sa bouche était sèche et ses oreilles bourdonnaient. Il calma son cœur déréglé avant de repartir en marchant lentement, puis de plus en plus vite, pour enfin pouvoir reprendre sa course.

Le cheval était devant la porte béante de la maison.

– Il y a quelqu'un ?

Personne.

Renaud monta au hasard l'escalier principal, ouvrit des portes ici ou là : l'hôtel semblait désert, d'une solitude oppressante. Il montait toujours et n'avait rencontré âme qui vive. Enfin une porte ouverte, un murmure de voix. Renaud s'arrêta : Thibaut était agenouillé près d'un grand lit, le front appuyé au drap.

La chevelure blonde inondait l'oreiller. Le visage si menu semblait mangé par les grands yeux bleus, si profonds, empreints d'une douceur inoubliable. Un sourire pâle éclairait le pauvre petit visage émacié. La main fine et blanche glissa sur les cheveux clairs du Chevalier. Toujours à genoux, Thibaut avait doucement relevé la tête. Renaud n'entendait pas ses paroles, qui n'étaient que murmure. La main frêle se leva encore vers le visage de Thibaut, avant de retomber épuisée sur le drap blanc.

Renaud recula dans le couloir. On n'entendait plus rien. Soudain, un bruit de pas, lent, doux, dans la chambre. Renaud recula encore. Les pas se rapprochaient... une robe bleue... Thibaut sortait. Il portait sa femme dans ses bras. Elle était morte.

La tête contre le mur, Renaud pleurait silencieusement ; les larmes coulaient sans qu'il en ait conscience. Il revoyait le visage blême de Thibaut, la main blanche qui pendait le long de la robe bleue... Elle était morte dans la robe qu'elle portait la première fois qu'elle avait aperçu le Chevalier.

Comme un automate, Renaud pénétra dans la chambre. Il ne pensait plus à rien ; les larmes lui brouillaient les yeux. Sans même s'en rendre compte, il s'était approché du lit et caressait le drap, perdu dans un rêve, et au milieu de son rêve, il perçut un petit bruit, un soupir peut-être. Il leva ses yeux embués... Quand il finit enfin par se ressaisir et qu'il compris ce qu'était ce bruit et d'où il venait, il resta suffoqué : là, dans le coin… son regard s'était figé… oui… de l'autre côté du lit… c'était un berceau.

Renaud s'approcha d'un pas lent et feutré, de peur de déranger ce rêve, cette apparition, mais rien ne changea. Un sourire se dessina au milieu de ses larmes : un bébé dormait paisiblement dans son petit nid de soie.

Dans la rue, un pas de cheval. Reprenant ses esprits, Renaud bondit vers la fenêtre pour l'ouvrir.

– Thibaut ! hurla-t-il de toute la force de ses poumons.

Il était trop tard. Emportant la robe bleue, le cheval avait pris le galop par les rues désertes. Déconcerté, Renaud murmura encore :

– Chevalier…

Puis il laissa tomber ses épaules. Il se sentait si fatigué. Et Thibaut… Thibaut qui s'était enfui sans même avoir pu apprendre qu'il avait un enfant… Où allait-il ? Où emportait-il sa femme ?

Un petit bruit, dans le berceau. Le bébé avait ouvert les yeux. Renaud lui sourit avec une tristesse émue, et lui tendit un doigt pour qu'il s'y agrippe.

– Ne t'en fais pas, murmura-t-il. Nous sommes deux, maintenant.

informations
cascade

PARIS AU MOYEN ÂGE

En 1337, Paris compte environ 70 000 habitants et couvre une superficie de 439 hectares. Dès 1190, Philippe Auguste entoure la capitale d'une enceinte qui englobe une partie des bourgs de la rive droite et se prolonge vingt ans plus tard sur la rive gauche. Des portes permettent de pénétrer dans la ville. Il s'y presse chaque jour les charrettes des paysans, maraîchers et vignerons des environs ou de province qui apportent leur marchandise.

En 1370, Charles V élève une nouvelle enceinte qui couvre une plus grande surface sur la rive droite, à l'abri de laquelle les bourgs deviennent des quartiers que l'on peut encore localiser aujourd'hui : le port de Grève (place de l'Hôtel-de-Ville) qui est le domaine des marchands d'eau, le quartier du Châtelet où réside la puissante corporation des bouchers, le bourg de Saint-Germain-l'Auxerrois et les Champeaux ou quartier des Halles.

Le Petit-Pont existe toujours à l'emplacement du pont romain sur le petit bras de la Seine.

Du Grand-Pont, en revanche, ne subsiste qu'une passerelle de bois, les planches Mibrai, qui sera remplacée en 1413 par un pont de pierre là où se situe l'actuel pont Notre-Dame.

En 1378, le pont Saint-Michel est construit, parallèlement au Petit-Pont, dans l'axe du Pont-au-Change.

Toute l'activité commerçante se développe place de Grève.

Le port grouille du va-et-vient incessant des bateaux transportant barriques, farine ou autres denrées.

Le « marché du Roy » se tient aux Halles et l'on y vient depuis Bruxelles et les Pays-Bas pour y faire commerce. Les drapiers, les tisserands, les lingères, les fripiers y ont leur place réservée à condition de s'être acquittés du « hallage » pour pouvoir exposer leurs marchandises.

Pour changer son argent en monnaie parisienne, on s'adresse aux changeurs qui tiennent tous boutique à côté du nouveau Grand-Pont (rebaptisé Pont-aux-Changeurs) dans la rue des Lombards, car la majorité d'entre eux vient du nord de l'Italie. Une balance leur sert à vérifier la valeur des pièces et à éliminer les fausses mais aussi à peser toutes sortes d'objets – bijoux, vaisselle, etc.– contre lesquels ils prêtent de l'argent.

d'après *Histoire de Paris* de Bruno Dell
(Hatier, *Le Grenier des merveilles*)

LA COUR DES MIRACLES

La pauvreté est l'un des fléaux du Moyen Âge. Dans les villes, la rue est le refuge de toute une population en détresse, enfants abandonnés, vieillards rejetés, malades ou infirmes. Il vient s'y ajouter les paysans chassés des campagnes par les famines ou les guerres, les cadets de familles nobles sans ressources, les étudiants pauvres. Ils ne survivent souvent que grâce à la mendicité. Les mendiants sont bien admis à une époque très croyante où l'aumône est un devoir de la charité chrétienne.

Malheureusement viennent s'y mêler une cohorte de personnages moins recommandables, soldats jetés sur la route entre deux guerres, vagabonds poursuivis pour vol ou meurtre, délinquants en tout genre. Ceux-ci n'hésitent pas à profiter de la situation en exploitant la crédulité des gens et l'on voit apparaître dans les bas-fonds de faux mendiants exhibant de fausses plaies et de fausses infirmités. Parmi eux, les « caymans » (déformation du mot « quémandeur ») vont jusqu'à enlever et mutiler de jeunes enfants pour mieux apitoyer les gens.

Les voleurs et autres truands se regroupent en bandes autour d'un chef, avec leurs signes de ralliement, même parfois leur argot. Certains forment de véritables corporations, aux spécialités bien définies : les « crocheteurs » forcent serrures et troncs d'églises, les « pipeurs » jouent dans les tavernes avec des dés truqués, les « triacleurs » et autres charlatans vendent des drogues prétendument miraculeuses, les « vendangeurs » coupent les bourses, les faux-monnayeurs profitent de l'extrême variété des pièces en circulation.

Ils ont leurs lieux de rassemblement et sèment la terreur à la nuit tombée. Il existe des rues dangereuses, des « truanderies », des impasses sombres et mal famées où même les sergents redoutent de s'aventurer : le « Grand-Cul-de-Sac-de-Saint-Nicolas-des-Champs » du côté de Saint-Merri, la « Court-le-Roy » ou la « Court-Robert-de-Paris », la rue du Temple et les ruelles voisines, le cimetière des Saints-Innocents font partie de ces quartiers de Paris qu'il vaut mieux éviter.

Les châtiments qui leur sont réservés sont cruels, exécutés en public pour servir d'exemple. L'exposition au pilori, le condamné étant ligoté sur un poteau, est l'un des plus doux, réservé aux petits délinquants. Mais on peut être pendu pour un vol de plus de cinq sous ! Les meurtriers ont le poing tranché sur le lieu de leur forfait, on coupe l'oreille ou l'on marque au fer rouge les voleurs, on perce la langue des parjures ; les faux-monnayeurs sont brûlés vifs dans l'huile ou l'eau bouillante, les hérétiques sont brûlés sur des bûchers. Sans parler d'autres tortures plus ou moins raffinées !

LA PESTE NOIRE

Parmi les nombreuses épidémies qui ont frappé les populations du Moyen Âge, la peste noire était l'une des plus redoutables. Entre 1347 et 1351, on a estimé qu'elle avait tué en France un tiers ou même la moitié de la population, et près de vingt-cinq millions de personnes dans toute l'Europe.

Le microbe responsable de la peste est un bacille qui se transmet du rat à l'homme par les piqûres de puces.

La maladie débute par une forte fièvre et devient mortelle en moins d'une semaine lorsqu'elle touche les poumons. La contagion se fait alors par la toux et même par la respiration.

La saleté des rues au Moyen Âge est l'une des causes de la propagation des épidémies. Il n'y avait ni égout ni ramassage d'ordures, et chacun se débarrassait de ses déchets directement dans le caniveau.

L'odeur était « pestilentielle », les rats responsables de la maladie proliféraient, envahissant les logements insalubres.

À cela il faut ajouter la malnutrition qui rendait les plus pauvres très vulnérables. Ne connaissant ni l'origine de la maladie, ni ses remèdes, ni les principes d'hygiène permettant de s'en protéger, on considérait la peste comme un fléau d'origine mystérieuse, peut-être divine.

D'autres maladies étaient redoutées : le choléra, la typhoïde et surtout la lèpre qui condamnait ceux qui en étaient atteints à vivre exclus de la société, dans l'isolement et la mendicité. Mais la grippe, la rougeole, les oreillons, la rubéole considérés aujourd'hui comme bénins, sans parler de la variole qui a maintenant disparu, tuaient aussi beaucoup d'enfants et d'adultes.

SAVEZ-VOUS QUE...

Les médecins du Moyen Âge ignoraient tout de l'anatomie de l'homme. Ils soignaient à l'aide de plantes, de purges, de ventouses et de saignées. Ils savaient surtout réduire les fractures et guérir les blessures de guerre.

LA PAUVRETÉ RUTEBEUF

Vivre me faut et ais failli.
Nul ne me tend, nul ne me baille[1]:
Je tousse de froid et de faim bâille,
Dont je suis mort et malbailli[2].
Je n'ai ni couverture ni lit ;
Il n'y a si pauvre jusqu'à Senlis.
Sire, je ne sais quel part aille[3]:
Mon côté connait le paillis,
Mais lit de paille n'est pas lit,
Et en mon lit n'y a que paille.

Sire, je vous fais assavoir :
Je n'ai de quoi du pain avoir.
A Paris suis entre tous biens,
Et n'y a rien qui soit mien.
Bien peu j'y vois, et j'y prends peu.
Il m'y souvient plus de saint Peu
Que de nul autre des apôtres.
Bien sais « Pater », ne sais qu'est « nôtre »[4],
Car le temps cher m'a tout ôté,
Et m'a tant vidé mon grenier
Que le « Credo »[5] m'est refusé
Et n'ai plus que ce que voyez.

RUTEBEUF
(pauvre poète parisien du XIIIe siècle)

1. donne.
2. mal en point.
3. je ne sais où aller.
4. « Notre Père... » est le début de la principale prière chrétienne.
5. Jeu de mot entre « credo » (le « Je crois » des chrétiens) et « crédit ».

LES ÉTUDIANTS À PARIS

Souvent pauvres, les étudiants recopient après les cours des manuscrits qui leur sont payés à la page ou vont chanter et jouer de la musique de par la ville ; ils se font « crieurs de morts » ou « veilleurs de trépassés », vendeurs d'eau bénite ou pleureurs d'enterrements, parfois mendiants, souvent voleurs. Bagarreurs, ils cherchent querelle aux religieux de l'abbaye de Saint-Germain-des-Prés qui leur interdisent de faire du sport, de jouer ou de pêcher sur le pré qui borde la Seine et prendra le nom de Pré-aux-Clercs.

Ils se plaisent également à subtiliser les enseignes, à forcer les portes des couvents de religieuses ou à mener grand tapage dans les tavernes au milieu de la nuit.

Le Petit Châtelet qui garde l'entrée du Petit-Pont a d'ailleurs été construit pour les empêcher de venir troubler la paix de l'autre côté de la Seine, sur la rive droite où sommeillent les « bourgeois » et où se développe l'activité commerçante de la capitale.

Histoire de Paris, de Bruno Dell
(Hatier, *Le Grenier des merveilles*)

Ces dossiers ont été établis en collaboration avec Nicole Bustarret.

cascade

11-13

L'ACROBATE DE MINOS
L.N. Lavolle.

ADIEU BENJAMIN
Chantal Cahour.

AMIES ENVERS ET CONTRE TOUS
Ségolène Valente.

AMIES SANS FRONTIÈRES
Hélène Montardre.

LA BALLADE DE JOHN HENRY
Gérard Herzhaft.

LE BALLON D'OR
Yves Pinguilly.

C'EST PAS COMPLIQUÉ L'AMOUR !
Sylvaine Jaoui.

UN CHEVAL POUR DEUX
Nadine Walter.

CLARA ET L'ANGE TATOUÉ
Catherine Porte.

UN CŒUR AU CREUX DE LA VAGUE
Hortense Cortex.

COUP DE FOUDRE
Nicole Schneegans.

LA COUR AUX ÉTOILES
Évelyne Brisou-Pellen.

LE DERNIER DES MAURES
Jacques Asklund.

LES DIABLES DE SÉVILLE
Roger Judenne.

LE DUEL DES SORCIERS
Jean Molla.

DU RESPECT POUR LE PROF !
Roselyne Bertin.

EMBRASSE-MOI... AVANT LA FIN DU MONDE
Isabelle Chaillou.

L'ENFANT INTERDIT
Margaret Peterson Haddix.

EN SCÈNE LES 5e
Pascale Perrier.

L'ÉTÉ JONATHAN
Marie Dufeutrel.

UNE FILLE DE RÊVES
Éric Sanvoisin.

LE FILS DE L'OCÉAN
Béatrice Hammer.

LE FILS DU HÉROS
François Charles.

LA GRIFFE DES SORCIERS
Évelyne Brisou-Pellen.

LES HÉRITIERS DE MANTEFAULE
Camille Brissot.

JULIETTE CHERCHE ROMÉO
Paul Thiès.

cascade 11-13

LE MAÎTRE DE LA SEPTIÈME PORTE
Évelyne Brisou-Pellen.

MON JOURNAL DE GUERRE
Yvon Mauffret.

MON PREMIER CHAGRIN D'AMOUR
Sylvaine Jaoui

LE MYSTÈRE DE LA NUIT DES PIERRES
Évelyne Brisou-Pellen.

LA NUIT DU SORTILÈGE
Hélène Montardre.

L'OURS SORT SES GRIFFES
Jean Alessandrini.

PABLO À LA VIE À LA MORT
Yves-Marie Clément.

UN PONEY BLANC NEIGE
Anne Eliot Crompton.

LE PRINCE D'ÉBÈNE
Michel Honaker.

LE PRINCE ESCLAVE
Olaudah Equiano
Adapté par Ann Cameron.

PRISONNIÈRE DES MONGOLS
Évelyne Brisou-Pellen.

RENDEZ-VOUS AU COLLÈGE
Stéphane Méliade.

ROLLERS DE CHOC
Stéphane Daniel.

LE SECRET DES SEPT CHEVAUCHEURS
Michel Honaker.

UNE SIXIÈME EN ACCORDÉON
Jean-Paul Nozière.

TEMPÊTE SUR L'ERIKA
Roselyne Bertin.

LE TRÉSOR DE L'ALCHIMISTE
Roger Judenne.

UN TRÉSOR DANS L'ORDINATEUR
Jacques Asklund.

L'AUTEUR

Évelyne Brisou-Pellen croyait bien qu'elle allait devenir professeur de français, jusqu'au jour où elle a écrit une petite histoire qu'elle a envoyée à un journal. Après quoi elle a imaginé un roman, deux, trois... Les publications se sont succédé, et elle n'a finalement jamais enseigné. La voilà donc écrivain. Elle vit en Bretagne, elle a deux grands fils.
Les élèves ? Malgré tout, elle les rencontre souvent... sauf qu'aujourd'hui elle les appelle « lecteurs ».

L'ILLUSTRATRICE

Nathaële Vogel est née en Alsace puis a vécu à Boulogne-sur-Mer jusqu'à l'âge de vingt ans. Elle y a découvert et aimé la mer et les longues balades sans but sur les falaises.
Dès l'école maternelle, elle prévient ses parents que le dessin sera son métier. Elle a tenu parole envers et contre tout et tous. Après avoir fini ses études aux Beaux-Arts de Tourcoing, elle s'installe à Paris et y dessine...

Aubin Imprimeur
LIGUGÉ, POITIERS

Achevé d'imprimer en septembre 2005
N° d'édition 4229 / N° d'impression P 68908
Dépôt légal septembre 2005 / Imprimé en France